朝聖

25週年紀念版

保羅・科爾賀
Paulo Coelho
張琰／譯

拉丁美洲作家中，唯有哥倫比亞馬奎斯的讀者比巴西的科爾賀要多。

——《經濟學人》

（科爾賀）的寫作技巧已臻聖修伯里的層次。

——巴西，《聖保羅頁報》

科爾賀展現了一種驚人的透明特色，使他的作品有如一條充滿能量的路徑，在不經意中帶領讀者走向自己，深入神祕而遙遠的靈魂中。

——法國，《費加洛文學》

一部經深入研究、設計完美的作品。

——葡萄牙，《德曼哈郵報》

保羅，科爾賀代表了一個睿智的說故事者的傳奇。

——義大利，《郵晚報》

巴西文學的精品。

——西班牙，《五日》

經由強烈的詩意，科爾賀透露出一項獨特且無法比擬的生命訊息，同時也發展出一條達到永恆的途徑。

——墨西哥，《精進》

科爾賀是朝聖者，他朝拜的是一種能撫慰靈魂的文學、是一種哲學，而這種哲學能夠重新發現人們的靈性、發現個人追尋並重拾被遺忘事物的過程，以及這個世界的尋常之美。他的書猶如一面鏡子：清新而激越，傳布愛，也傳布人類最基本的途徑。看完他的書你會很快樂，而他的魔力在這時候便綻放出來了。

——哥倫比亞，《觀察者》

（科爾賀的）魔力在於存在與生活的直率態度，以及他認為可傳達的正確而積極的觀念。

——巴西，《米納斯吉拉斯報》

序幕

「此刻，在神聖的雷姆（RAM）面前，請用你的雙手碰觸『生命文字』（the Word of the Life），獲得你所需要的力量，並成爲文字遍及全世界的見證。」

師父高舉我那把仍未出鞘的新劍。營火熊熊的火焰劈啪作響——這是吉兆，表示儀式應該繼續下去。我跪下來，開始用雙手挖掘地面的泥土。

那是一九八六年一月二日的夜晚，我們位於伊塔夏亞，瑪爾山脈某個巔峰高處，與巴西境內著名的「黑針」山峰毗鄰相連。陪伴我和師父的是我的妻子和我的一個門徒，以及由全世界各祕傳教派所組成——取名爲「傳統」的一個偉大的修道會，所派出的一名代表。我們五個人再加上嚮導，我們已經告訴這位嚮導將會發生什麼事了——正參加我被任命爲「雷姆師父」的儀式。

我以無比的肅穆在地上挖好一個平坦而狹長的洞穴，雙手放置其上，說出儀式的字句。妻子走近，遞給我那把使用了十年以上的劍。這把劍在數百次魔法的運作中曾給我很大的幫助。我把它放進挖好的洞裡，用泥土鋪蓋好，再把表面壓平。做這件事時，我想到我經歷過的許多考驗、所學習到的一切，以及只因爲我擁有那把古老而友善的劍所引發的一連串奇異現象。如今它就要被泥土吞噬，劍身的鐵和劍柄的木頭也將重回大地，滋養它力量的來源。

師父走向我，把我的新劍擺放在掩埋舊劍的墳土上。所有人都張開雙臂，而師父正運用他的力量創造出一道奇異的光芒圍繞著我們。這道光並不明亮，但卻清晰可見，也使在場的人映染著不同於營火照射的另種黃色調。接著他抽出自己的劍，在輕觸我的肩膀和前額的同時，他說：「我以雷姆的力量和愛，命你爲本會的師父及騎士，從這一刻起，終其一生。R代表堅毅；A代表崇敬；M代表慈悲。R也代表regnum；A代表agnus；M代表mundi。記住：切勿使劍久留劍鞘之內，它會鏽蝕掉。每當你拔劍出鞘時，必當是行持善行、開闢新途，或者見敵人鮮血之時。」

他以劍尖輕劃我的額頭。從此以後，我不須再保持沉默，也不必再掩藏我的能力，或隱瞞我在「傳統」之路上學得的奇蹟。從現在開始，我就是正式的魔法師（Magus）了。

我伸手要拿這把新劍，此劍以不會毀壞的鋼鐵和木頭製成，劍柄由黑紅二色組成，劍鞘則是黑色。就在我的手一觸及劍鞘，準備取它時，師父走過來，用全身的力量踩在我的手指上頭。我大叫一聲，鬆開了劍。

我驚訝地看著他。奇異的光已經消失，他的臉上顯現一種變幻不定的神情，被營火的火光照得更明白。

他冷冷回我一個眼神，喚我妻子過去，把劍交給她，又說幾句我聽不見的話，然後轉向我說：「把你的手拿開。它欺騙了你。通往『傳統』之路不是給精挑細選的少數人而行，它是每個人的道途。你認爲你所擁有的力量，其實是毫無價值的，因爲那是一種所有人共有的力量。你應該拒絕這把劍。如果你這麼做，劍就可以給你了，那表示你的心是純潔的。但是果然如我所擔心的，在那至高無上的時刻來臨時你卻跌倒了。由於你的貪婪，現在你必須再次去尋找你的劍。又由於你的傲慢，你必須在單純的人們當中去找尋。加上你對奇蹟的執著，你必須歷經種種奮鬥，才能重新獲得原本可以十分慷慨送給你的東西。」

世界似乎離我而去。我跪在那裡，腦中一片空白。既然我把舊劍還給大地，就無法再取回來。而新的劍現在也不屬於我了。我只能重新再開始尋找，既沒有任何力量支持，也毫無防禦的能力。在我接受天意任命的這天，師父的激烈卻使我重返凡塵。

嚮導熄了營火，妻子扶我起身。她手裡握著我的新劍，但是依照「傳統」的規定，除非師父允許，否則我不可以隨便碰這把劍。寂靜中，我們跟著嚮導的燈光穿越森林下山，來到停車的狹窄泥徑。

沒有人說再見。妻子把劍放進後車廂，發動引擎。好長一段時間我們都沒有說話，她開著車，小心避開路上的突起處和坑洞前進。

「別擔心，」她鼓勵我。「我相信你一定會把它拿回來的。」

我問她師父和她說些什麼。

「他和我說三件事，第一，他應該帶點暖和的衣服來穿，沒想到山上這麼冷。第二，不管山上發生什麼事，他都不驚訝，這種事之前也發生過很多次，都是其他和你一樣達到同一點的人發生的。第三，你的劍會在某一天的某一刻，在你未來必定要走的路上的某一處等著你。我不知道是何時何日，他只告訴我該把它藏在哪裡。」

「他說的是哪條路？」我緊張地問。

「啊，他倒沒有解釋得很清楚，只說你應該在西班牙地圖上找一條中世紀路線，叫做『往聖狄雅各的奇路』。」

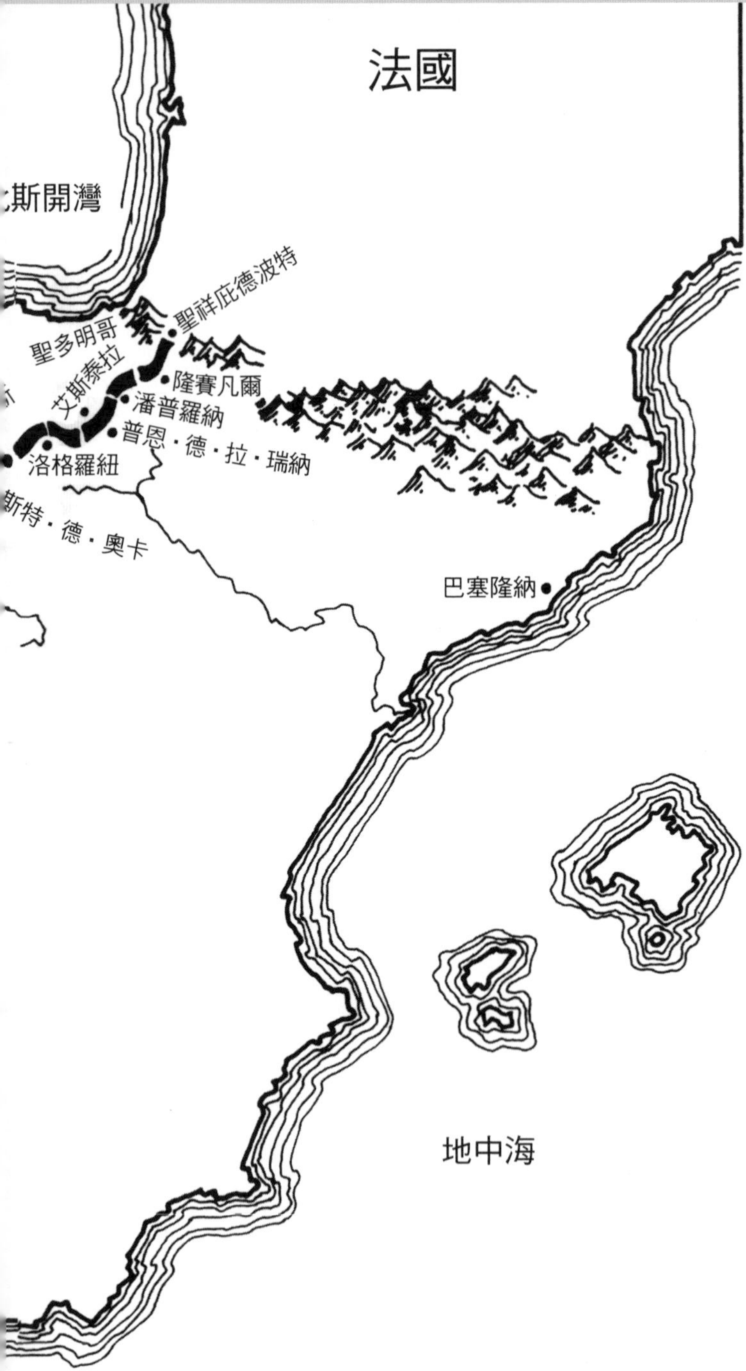
法國
斯開灣
聖祥庇德波特
聖多明哥
艾斯泰拉
隆賽凡爾
潘普羅納
普恩・德・拉・瑞納
洛格羅紐
斯特・德・奧卡
巴塞隆納
地中海

聖多明哥　艾斯泰拉

往聖狄雅各之路

拉科魯尼亞
奧維耶多
康波史泰拉的聖狄雅各
帕拉斯德雷
維拉弗蘭卡
艾爾·塞伯瑞洛
龐費拉達
利昂
阿斯托爾加
卡斯特傑
瓦拉多
薩莫拉
薩拉曼卡
葡萄牙
西班牙

抵達

海關人員用比平常更多的時間檢查我妻子帶進這個國家的劍，然後問我們打算用它做什麼。我說我的一個朋友要鑑定它的價值，好讓我們拿去拍賣。這番謊話奏效了：海關人員交給我們一張申報單，載明我們攜帶這把劍在巴雅達斯機場入境，並好心地告訴我們說，如果我們帶這把劍出境時有任何困難，只要出示這張申報單就行了。

我們到了租車公司辦事處，租了兩部車。帶著租車文件，在各自上路前，一起在機場餐廳隨便吃點東西。

飛機上兩人一夜無眠，除了我們都害怕坐飛機外，對於抵達後將發生的事還有一種莫名的隱憂——但此刻，我們倒是呈現興奮而又清醒的狀態。

「不用擔心，」這是她第一千遍說著。「你去法國聖祥庇德波特找到露德夫人後，她會讓你和一位引領你走上往聖狄雅各之路的人接觸。」

「那麼你呢？」我也是第一千遍這麼問著，其實早知道她的答案是什麼了。

「我會去到我該去的地方，然後把受託的物品安置妥當，之後在馬德里待幾天，再回巴西。放心！我在巴西會把一切事情處理得和你一樣。」

「我知道你可以的。」我說，希望避開這個話題。我丟在巴西的生意讓我感到十分焦慮。在黑針山事件之後的半個月內，我已將關於「往聖狄雅各之路」該知道的所有事情全弄明白，但我卻又猶豫不決了七個月，才決定放下一切走這一趟。我一直拖延，直到有一天早晨，妻子說時間已經愈來愈近，如果我還不做個決定，不如乾脆放棄「傳統」之路和「雷姆教會」。我向她解釋說師父交給我一個不可能的任務，我不可能隨隨便便就丟開我的生計。她笑了起來，說我的理由太不高明了，在那整整七個月當中我什麼事也沒做，只是每天不停地問自己該不該去，最後她以不經意的方式拿出兩張飛機票，連班次都預訂好了。

「我們是因爲你的決定才來這裡的，」此刻我在機場餐廳鬱悶地說。「我不知道這樣行不行，因爲我讓別人替我決定去尋找我的劍。」

妻子回答如果我們要繼續這樣無意義的對話，最好就此道別，各走各的路。

「你這輩子從來沒有讓別人爲你做過任何重要的決定。我們走吧！天色已經晚了。」

她站起來，拿起手提箱直往停車場走去。我沒有攔她。依然坐在位子上，看著她拿我的劍時那種漫不經心的態度，似乎劍隨時都會從她手中滑掉。

她忽然停下步伐，走回來一再親吻我，然後無言凝視著我。這動作使我恍然明白：是的。我已經在西班牙，不可能再回頭了。雖然我知道失敗的危機四伏，但我終於跨出了第一步。我熱情地擁著她，想把所有對她的愛全部傳給她。她靠在我懷裡，我向所信仰的一切祈禱，祈求祂們賜給我力量，讓我帶著劍重回她的身旁。

「那把劍好漂亮呀，不是嗎？」妻子離開後，鄰桌一個女人的聲音說。

「別擔心，」一個男人說，「我會爲你買一把一模一樣的，這玩意兒西班牙的觀光商店至少有成千上萬把。」

開了約莫一小時的車程後，昨夜至今累積的疲憊開始漫延開來。八月的高溫，即使在空曠的高速公路，汽車也開始過熱起來。我決定在一個路牌寫著「國家級古鎮」的小城鎮停下。一邊步向通往小鎮的陡斜道路，一邊回顧對「聖狄雅各之路」所知的種種。

就像伊斯蘭教傳統規定所有的信徒在一生中至少要朝聖一次，循著穆罕莫德從麥加前往麥地那的路線行走一次，在第一個千禧年內的基督徒也認爲有三條神聖之路。每一條路線對於走完全程的人都會有一連串的賜福和赦罪。第一條路是通往羅馬聖彼得之墓，走這條路的人，被稱爲漫遊者（wanderers），以十字架作爲他們的象徵。第二條路是往耶路撒冷的基督聖墓，走這條路的人叫做「棕櫚行路人」（palmists），因爲他們把耶穌進入耶路撒冷城時，用以歡迎祂的棕櫚做爲其象徵。另外還有第三條路，是前往使徒聖狄雅各（San Tiago）遺骸所在處。聖狄雅各英文稱作聖詹姆斯；法文叫夏各；義大利文爲吉亞柯莫；拉丁文則是雅各。他葬在伊比利半島的某個地方，有一天晚上，一個牧羊人看到遼闊的原野上方出現一顆閃亮的星星。傳說中，不只是聖狄雅各，連聖母瑪利亞也在基督死後不久來到這裡傳達福音作者的文字，勸告人們改信基督教。此處後來被稱爲康波史泰拉（Compostela），也就是「星之原野」之意，並且逐漸形成一座城市，吸引來自世界各地的基督教旅人。這些旅行者被稱作「朝聖者」，其象徵物是海扇殼。

第三條路另外有一個名字，叫做「銀河路」，因爲朝聖者在夜裡依照銀河的方位標識出行路的途徑。在十四世紀「銀河路」盛名之時，每年從歐洲各地前來的旅行者超過一百萬人。即使在今天，仍然有許多神祕主義者、虔誠信徒和研究員徒步走完介於法國城市聖祥庇德波特和西班牙康波史泰拉的聖狄雅各（Santiago de Compostela）大教堂之間的七百公里路程①。

拜法國神父艾梅希・皮考之賜，他於一一二三年徒步完成至康波史泰拉之行，讓今日的朝聖者能與查理曼大帝、阿西西的聖方濟、伊莎貝拉一世，以及最近的教宗若望二十三世所行走的中世紀路線絲毫不差。

皮考寫過五本書，提到他的經驗。書以教皇加里斯都二世之名出版——加里斯都二世是聖狄雅各的虔誠信仰者，因此此書日後被稱爲加里斯都抄本（Codex Calixtinus）。在抄本的第五冊中，皮考詳載了沿途所見的自然景觀、噴泉、醫院、住宿和城市。爾後有一個特別的團體「聖夏各之友」成立，職責是維護這條路上所有的天然標記，並利用皮考的註解，指引朝聖者的方向。

同樣在十二世紀，西班牙和進犯伊比利半島的摩爾人作戰時，也利用了聖狄雅各的傳奇。當時，通往聖狄雅各的路上，成立了許多戰鬥教會，而這位使徒的骨灰就成爲與伊斯蘭教徒作戰中有力的象徵。伊斯蘭教徒也宣稱他們保有穆罕莫德的一隻手臂，並把它視爲一個導引的象徵。不過，等到西班牙再度掌控此地時，那些戰鬥教會已經勢力強大到對貴族構成威脅，使得天主教國王們必須直接干預，以免教會造反。因此，往聖狄雅各之路逐漸被人淡忘，若非偶爾有藝術作品呈現——如布紐爾的電影《銀河》和瑟拉特（Serrat）的〈漫遊者〉中提及的繪畫，今天不會有人記得曾有數百萬嚮往定居「新世界」的人，曾走過這條路。

我駕車抵達的城鎮是座荒城。走了好一段時間，才終於在一間古老中世紀式的房子發現一間營業的小酒吧。眼睛盯著電視節目、頭也不抬的酒吧老闆，告訴我現在是午休時間，並說我在外頭這種大熱天行走一定是發瘋了。

我要了一杯飲料，想看看電視，卻無法專心下來。腦海中只浮現一件事：再過兩天我就要在這二十世紀後半葉的朝聖之路重新經歷一次冒險，就像尤里西斯從特洛伊城出發、唐吉訶德經歷過、帶領但丁和奧菲斯進入地獄，並導引哥倫布航向美洲等等人類偉大的冒險，也是一趟通往未知之旅的冒險。

回到車上時，我已經平靜許多。就算找不到我的劍，前往聖狄雅各之路的朝聖之旅也可以幫助我找到自己。

---

①法國境內的往聖狄雅各之路是由幾條路徑組成，這些路徑在普恩・德・拉・瑞納（Puente de la Reina或稱蓬特拉雷納，字義爲「皇后橋」）這座西班牙城市合而爲一。聖祥庇德波特位於這三條路徑其中之一，既不是唯一的城市，也不是最重要的城市。

聖祥庇德波特

一列戴面具的人組成的遊行隊伍和一支樂隊簇擁在聖祥庇德波特的大街，這些人全都穿著紅、綠、白，代表法國巴斯克地區色彩的服裝。這一天是星期天。前兩日我都在開車，此時正悠哉地享受這裡的慶典活動。不過這也是我和露德夫人見面的時刻。我駕著車在人群中設法開出一條路來，耳際傳來一些法語罵人的髒話，不過我終於還是開到設防區，這是這座城市最古老的地區，也是露德夫人的居所。即使在庇里牛斯山如此高的地方，白天也還是十分酷熱，待我下車時已是全身汗流浹背。

我敲了敲大門。又敲了敲，無人應答。再敲第三次時，仍然沒有事發生。我感到不解，也擔心起來。妻子說我必須剛好在這天抵達，可是我大聲喊叫也沒人回應。我想露德夫人可能去看遊行了，也可能是我來得太晚，她決定不要見我。我的聖狄雅各之旅似乎尚未開始就宣告終結。

突然，大門開了，一個孩子跳了出來，把我嚇了一跳，我開口說著結結巴巴的法語要找露德夫人。孩子對我笑了笑，朝裡頭的房子指了指。這時我才發現自己犯的錯誤：大門通向一片寬闊的庭院，庭院四周坐落著有陽台的中世紀房屋。大門原本就是開著的，我竟然連試都沒試它的把手。

我穿過庭院來到孩子指的那間房子。屋內一個肥胖的老婦人，正用巴斯克語吼罵著一個眼神哀傷的棕眼男孩。我等了會，讓這番爭吵有機會結束。它終於結束了，結果是這名可憐的男孩在老女人一陣嚴辭辱罵後被叫到廚房去。直到這時她才轉身看著我，但連問也沒問我要來幹什麼，就用微妙的手勢，輕輕推撞我，把我帶到這間小屋的二樓。這層樓只有一個房間，是一個狹小的辦公室，裡面擺滿了書籍、物品和聖狄雅各的塑像，以及朝聖之路的大事記。她從書架上拿起一本書，在整間房內唯一的一張桌子後面坐下，讓我站在那裡。

「你一定是要去聖狄雅各的另一個朝聖者了？」她沒有開場白，逕自說著。「我得把你的姓名寫進這本登記簿裡。」

我告訴她我的名字，她還問我有沒有帶「海扇殼」，也就是所有前往使徒墓地的朝聖者視為象徵物的貝殼，這貝殼供朝聖者在路上相遇時，做為彼此辨認的信物①。

來西班牙之前，我曾去巴西一處名叫「阿帕瑞西達」的地方朝聖。在那裡，我買了一個立足於三個海扇殼上的「聖母訪親像」。我把它從背包拿出來，交給露德夫人。

「華而不實，」邊說邊把它交還給我。「在你朝聖途中很可能會打破。」

「這不會破的。而且我要把它供奉在使徒墓上。」

露德夫人看起來沒有多少時間可以花在我身上。她遞給我一張小卡片，這張卡片能幫助我在沿途的修道院找到住處。接著她蓋上聖祥庇德波特印章，表示我已經從這裡展開朝聖之旅，然後說我可以帶著天主的祝福上路了。

「可是我的嚮導在哪裡？」我問。

「什麼嚮導？」她回我的話中，顯得有點訝異，卻也在眼中閃現一絲光芒。

這時我才意識到我忘了一件非常重要的事。在到達後，因急於受到招呼，而忘了要說「古語」——這是一種口令，表示自己屬於「傳統教會」的一員。於是我立刻更正錯誤，對她道出口令。聽到之後，露德夫人很快從我手裡搶去才剛給我的卡片。

「你用不著這個。」她邊說邊把堆在一個紙盒上的舊報紙移開。「你的路程和停留地點要由你的嚮導決定。」

露德夫人從紙盒內拿出一頂帽子和一件披肩。兩樣東西似乎都很舊，但保存得很好。

她要我站在房間中央，之後她開始默禱。然後把披肩披在我的肩上，把帽子戴在我的頭上。我看到帽子和披肩的肩膀部位都縫上了海扇殼。老婦人一邊禱告一邊從房間角落拿出一根牧羊手杖，要我右手拿著它。牧羊手杖上垂著一個小小的盛水葫蘆。我就這麼站在那裡：上身穿著「我愛紐約」字樣的T恤，下身是百慕達短褲，再披掛著中世紀前往康波史泰拉朝聖時的裝束。

老婦人走向我，在距離我僅一呎之處停下，接著人像恍惚似地把雙手手心按在我頭上說：「願使徒聖狄雅各與你同在；願祂使你見到你需要發現的唯一之事；願你不疾不徐、永遠遵行『路』上的法則和要求前進；願你服從嚮導，即使他會下達殺人、瀆神或無理的命令。你必須發誓對你的嚮導絕對服從。」

我發了誓。

「『傳統教會』古代朝聖者的魂魄，在旅途中將與你同在。帽子會保護你不受陽光和惡念侵害；披肩會保護你不受雨水和惡言的干擾；葫蘆會保護你不受敵人和惡行的襲擊。願天主與聖狄雅各、聖母瑪利亞日日夜夜守護著你。阿門。」

說完這番話，她又恢復平常的態度：匆匆忙忙而又帶點不耐煩地把披肩和帽子取回放在盒子裡，再把牧羊手杖和葫蘆放回房間角落，又教了我口令後便要我離開，因爲我的嚮導在聖祥庇德波特城外兩公里處等著我。

「他討厭樂隊的音樂。」她說。不過就算遠在兩公里外，他也一定聽得到，庇里牛斯山是絕佳的回音室。

在出發之前，我問車子要怎麼辦，她說我可以把鑰匙交給她，會有人來把它開走。然後不再多說一個字，又下樓到廚房去折磨那有一雙哀傷眼睛的男孩。我打開車子的行李廂，取出綁著睡袋的藍色小背包，再把「聖母訪親像」放進最安全的角落。背起背包走回屋內，把車鑰匙交給露德夫人。

「離開庇德波特要沿這條街，走到圍牆盡頭的城門，」她告訴我。「等你到康波史泰拉的聖狄雅各時，請替我念『萬福瑪利亞』。這條路我已經走過太多次了，所以現在我只要在其他朝聖者的眼睛裡，看到仍使我感動的興奮與激情，就心滿意足了。我沒辦法再走一次，因爲已經上了年紀。請把番這話轉達聖狄雅各。也請告訴祂，現在我隨時都準備去找祂，不過接下來我要走的路是不一樣的、更直接也更不累死人的捷徑。」

我離開這座小城，走出西班牙城門的圍牆。從前這座城位在羅馬入侵者最喜歡的路線上，因此穿過這座城門的還有查里曼大帝和拿破崙的軍隊。我往前走著，聽到遠處傳來的樂隊音樂，突然間，在一座離城不遠的村莊廢墟中，情緒格外激動，眼中湧起了淚水：就在這片廢墟中，我清楚意識到我正走在「往聖狄雅各的奇路」上。

庇里牛斯山環繞著山谷，在朝陽的照射和音樂聲的烘托下，這幅景象帶給我一種回到原始之物的感覺，而這原始之物已被大多數人類給遺忘，我也無法辨認出來。但是這是一種奇異且強烈的感覺，我決定加快腳步，儘快到達露德夫人所說嚮導等候的地方。我沒有停下腳步，直接脫下襯衫放進背包。背包的背帶有點磨到光溜溜的肩膀，不過至少我的舊運動鞋穿得夠久，並不會讓我不舒服。過了大約四十分鐘之後，繞過一塊巨石的一個轉彎處，一堵廢棄的舊圍牆矗立於前。一名約五十歲的男人席地而坐，他有一頭黑髮，長得像吉普賽人，正在背包裡翻找什麼東西。

「你好，」我用西班牙語說，態度一如我遇見陌生人時展現的膽怯。「你一定是在等我。我叫保羅。」

他停止了在背包裡的搜索，朝我上上下下打量著。目光冷淡，似乎對我的到來毫不訝異，我也有一種似曾相識的模糊印象。

「是的，我是在等你，可是我不知道會這麼快就見到你。你有何貴幹？」

他的問題使我有一點愕然，我答說我就是他要引領前往「銀河路」上尋劍的人。

「那倒不必要，」這人說。「如果你願意的話，我可以替你去找。不過你現在必須決定要不要我去做。」

和陌生人的這番對談讓我覺得愈來愈怪了。但是既然我已發誓要完全服從，便還是試著回答。如果他能幫我找到劍，可以省卻我不少時間，我也可以立刻回到巴西的朋友和生意那邊，我的腦子裡總想著這些。這也可能是個騙人的把戲，不過回答他並無妨。

我正要開口說話，卻聽到有個口音很重的聲音在我背後用西班牙語說：「你不需要爬一座山才知道它高不高。」

這正是口令！我回過身，看到一個年約四十的男人，穿著卡其布料的百慕達短褲和汗濕的白色T恤，正瞪著吉普賽人。他的頭髮是灰色的，皮膚被太陽曬得黝黑。我在匆忙之中竟然忘記最基本的自我保護原則，而把整個人投入第一個遇見的陌生人懷裡了。

「船在港中最安全，不過這不是造船的目的。」我說出正確的答覆。在這同時，這個人直直盯著吉普賽人，吉普賽人也直直盯著他。兩人對峙了一段時間，誰也沒露出恐懼或是挑釁的神情。然後吉普賽人把背包留在地上，不屑地笑了笑，朝聖祥庇德波特方向離去了。

「我叫派特魯斯②，」聖祥庇德波特剛消失在幾分鐘前我才繞過的那塊巨石後面，這個新來的人就說了。「下次要多小心一點。」

我聽到他聲音裡帶著同情的語氣，和吉普賽人及露德夫人的口氣都不同。他拿起地上的背包，我注意到背包後有海扇殼。他從裡面掏出一瓶酒，灌了一口後遞給我。我也喝了，然後問他吉普賽人的來歷。

「這是一條邊境的路線，常常是走私者和逃避西班牙巴斯克地區恐怖分子的難民穿行遊走，」派特魯斯說。「警察幾乎從不到這裡來。」

「但是你還沒有回答我。你們兩個互相看著對方，好像是熟識的老朋友。而我也覺得我認得他。所以我才會那麼自在。」

派特魯斯笑了笑，說我們該動身了。我提著行李，兩人開始靜靜走著。從派特魯斯的微笑中，我知道他心裡想的正是我所想的事。

我們遇見了一個魔鬼。

我們無言地走了一段時間，我發現露德夫人的話沒錯：在幾乎三公里之外，我們仍能聽見樂隊的聲音。我很想問派特魯斯一些關於他個人的事——他的生平、他的工作，以及他怎麼會來這裡等等。但是我知道我們還有七百公里的路程要並肩同行，而這些問題的答案都會在適當的時機出現。只是我無法忘懷那個吉普賽人，終於我先打破了沉默。

「派特魯斯，我認爲那個吉普賽人是魔鬼。」

「對，他是魔鬼。」他證實這件事，使我感到既恐懼又鬆了一口氣。「不過他不是你從『傳統』中知道的那種魔鬼。」

在「傳統」教會中，魔鬼是一個無善無惡的靈體，看守著大多數人類可了解的祕密，而且對於物質事物具有掌控的力量。由於他是一個墮落天使，他把自己視爲人類，隨時準備和人交易、互惠。我問他吉普賽人和「傳統」中的魔鬼有什麼不同。

「我們這一路上還會遇到其他的魔鬼，」他笑道。「你可以自己觀察。不過我可以給你一點提示，你想一想和吉普賽人的全部對話。」

我回想吉普賽人所說的那兩句話。他說他正在等我，他也聲言要幫我尋找到劍。然後派特魯斯說，在一個正在偷背包而嚇了一跳的小偷嘴裡，這兩句話說得再恰當也不過了：說這些話的目的一方面爭取時間，並討個人情，一方面也讓他很快想出一個脫逃的方法。但從另一個角度而言，這兩句話也可能是眞心話。

「哪一種是對的呢？」

「兩者都可能是眞的。那個可憐的小偷在保護自己時，竟也憑空說出正合你需要的字句。他自以爲聰明，可實際上他卻是一股更大力量的工具。如果他在我到達之前逃走，我們就不會有現在這一番對話。但是他卻與我面對面，於是我在他眼睛裡看到一個你將在路上遇到的魔鬼的名字。」

對派特魯斯而言，這次的照面是個有利的預兆，因爲魔鬼這麼早就顯現了。

「同時呢，不用擔心他，因爲，正如我告訴你的，他不會是唯一的一個。他也許是最重要的，但絕不是唯一的。」

我們繼續走著，從一個沙漠般的地區到散布零星小樹木的地帶。偶爾派特魯斯會打破沉默。告訴我一些我們行經之地的歷史典故或其他事情。我看到一幢某個皇后在此度過生命中最後一夜的房子，還有一座嵌著石塊的小教堂，那是一位聖者般的人物隱居處，這一帶爲數不多的居民都發誓說他會行奇蹟。

「奇蹟是非常重要的，你不覺得嗎？」派特魯斯說。

我同意他的話，不過我說我從沒見過一個偉大的奇蹟。我在「傳統」教會的見習比較偏重靈性方面。我相信當我找回我的劍之後，是的，我就能夠做出我師父做過的那些偉大的事了。

「但是我師父做的不是奇蹟，因爲那些事並不違背自然的法則。我師父做的是運用這些力量去……」

我無法把話說完，因爲我無法解釋我的師父如何能夠將靈魂具體化、並隔空移物，或是如我不只一次見到的，在陰沉的午後令天空出現片片藍天。

「也許他做這些事，只是想讓你相信他具有知識，也擁有力量。」派特魯斯回答說。

「是的，也許如此吧。」我說是說，卻沒什麼把握。

我們在一塊石頭坐下，因爲派特魯斯告訴我他不喜歡邊走路邊抽菸。他說，這樣的話，肺部吸進去的尼古丁會更多，而且菸味也會使他噁心想吐。

「這就是師父不肯讓你拿那把劍的原因，」派特魯斯繼續說。「因爲你不明白他爲什麼要做出那些不凡的異行。因爲你忘了通往知識的路途是人人可行的，是任何凡人俗字都可以走的道路。在我們的旅程中，我將會教你一些『雷姆』修行的練習和儀式。我們所有人在生命中的某個時刻都至少會運用到其中一項。這每一項修行，都可以被任何具有耐心和敏銳力，而又願意去尋找的人，在其生命的學習課程中發現，絕無例外。

「『雷姆』的修行其實非常簡單，但像你這種習於把生命變得很複雜的人，會認爲沒什麼價值。可是促使人們能夠達成任何事、任何一件他們想要做到的事，卻正是這種簡單的修行。

「當耶穌的門徒開始行奇蹟、給人治病時，耶穌就榮耀了天父；祂感謝天主讓這些事情不被聰明的人知道，而只展現給單純的人們。總之，如果我們相信天主，我們就必須相信祂是公正的。」

派特魯斯絕對是對的。如果只准許有學問、有時間和金錢去買昂貴書籍的人可以獲得眞正的知識，那就太不公平了。

「眞正的智慧之路可以用三件事情來辨認，」派特魯斯說。「第一，必須和神愛（agape）有關，這一點我以後會再補充；第二，必須運用在你的生活中，否則智慧沒有任何用處，且會日益敗亡，就像一把從來不使用的劍。

「最後，必須是一條任何人都可以走的路，就像你現在所走的，往聖狄雅各之路。」

整個下午其餘的時間我們都在走路，直到太陽隱身山後時，派特魯斯才決定停下來。環繞我們四周，庇里牛斯山脈最高的頂峰仍然在落日餘暉中閃耀著。

派特魯斯要我在地上清理一小塊區域，跪在那裡。

「第一種『雷姆』修行可以幫助你達到重生的境界。你必須連續七天做這個練習，每次都要嘗試以不同方式體驗與世界的第一次接觸。你知道，要你下決心放下所有事情來走這一趟往聖狄雅各之路，爲了尋找一把劍，是件多麼困難的事。這件事之所以這麼困難，是因爲你是過去的囚犯。你曾經被打敗過，你害怕事情再次發生。你已經獲得一些東西，而你擔心自己會失去它們。但是與此同時，更強烈的意願卻占據你的心，那就是找到你的劍。於是你決定冒這個險。」

我回答他說得對，而且我仍有他所形容的那些憂慮。

「那不要緊的。這個練習會一點一點逐漸地將你從過去生命中所製造出來的負擔解放出來。」

於是派特魯斯就教導我「雷姆」第一種修行：種子練習。

「現在就做第一次吧。」他說。

我把頭垂放到兩膝當中，深呼吸，開始放鬆。我的身體毫無疑問地照做了，或許是因爲這一天我們已經走了那麼遠的路，我已經疲累不堪了。我開始傾聽土地的聲音，那是一種低悶而刺耳的聲音，而我也逐漸地將自己變成一顆種子。我不再思考。每件事物都是漆黑一片，我沉睡在地心。突然間有東西在動。那是我的一部分，一個微小的、想要醒來的部分，它說我必須離開這個地方，因爲「上頭」還有別的東西。我想要睡覺，但是這個部分卻很堅持。我開始動動手指，我的手指也開始動動我的手臂——但是它們既不是手指也不是手臂。它們是一根小小的芽，正在拚命抵擋泥土的力量，朝那「上頭的某個東西」的方向移動。我感覺我的身體開始跟隨著我手臂的動作。每一秒鐘都像是永恆，但是這顆種子需要生出來，它需要知道「上頭的某個東西」是什麼。極爲艱難地，我的頭，接著是我的身體，開始升起。每樣東西都太緩慢了，我又必須和一股力量對抗，這力量把我往地心壓，要把我壓回原本平靜做著永恆之夢的地方。但是我贏了。我贏了，終於我衝破了障礙，直立了起來。原先一直壓著我的力量突然間停止。我衝出了泥土，被「上頭的某個東西」所包圍。

「上頭的某個東西」就是田野。我感覺得到太陽的熱力、蚊子的嗡嗡聲、遠處河流的水聲。我閉上眼睛慢慢起身，覺得自己隨時都會頭暈眼花、跌倒在地。但同時我繼續生長著。我伸展手臂，將身體拉長。我就在這裡，正在重生，希望能讓身體裡裡外外都浸浴在龐然的太陽散發的光芒中，這輪太陽要我繼續再長、再伸長，並用我的枝幹去擁抱它。我將手臂伸長又伸長，全身的肌肉開始痛了起來。我感到我有一千公尺高，可以擁抱群山。而我的身體也在開展、不斷開展，直到肌肉的疼痛劇烈到我無法忍受，我叫了起來。

種子練習

跪在地上。跪坐在腳跟上，身體往前彎，讓頭碰觸到膝蓋。雙手往身體後方伸展。你現在就保持著一個胚胎的姿勢。放輕鬆，釋放所有的緊張。平靜地深呼吸。逐漸地你會察覺到你是一粒小小的種子，安居於舒適的土壤中。四周的每樣東西都是溫暖而美妙的。你正在深沉而充分休息的睡眠中。

●

突然有一根手指動了。嫩芽不願再當一粒種子了，它要成長。你慢慢開始移動你的手臂，然後身體開始坐起來，伸直，直到跪坐在你的腳跟上。現在把身體抬起來，慢慢的，慢慢的，身體挺直，但仍然跪坐在地上。

●

完全衝脫泥土的時刻已經到來。你開始慢慢站起來，先把一隻腳放在地上，接著是另一隻腳，這時要抗拒嫩芽爭取空間時會有的失衡狀態，直到你終於站了起來。想像你周圍的環境、陽光、水、風和鳥兒。現在你是一株開始生長的嫩芽。慢慢將手臂向天空高舉，接著伸展再伸展，伸展再伸展，彷彿你要去抓住那在上方照耀、給予你力量並吸引著你的太陽。你的身體開始變得愈來愈僵硬，全身的肌肉緊繃，而你也感覺到自己在長、長、長——你變得好巨大。愈來愈緊張，直到變得疼痛而難以忍受。你再也受不了時，放聲大叫，張開你的眼睛。

重複這個練習，連續七天，而且要在同一個時間進行。

●　●

我睜開眼睛，派特魯斯就在我面前，正面露笑容抽著菸。日光尚未有消失，但是我很驚訝太陽已經沒有我想的那麼明亮了。我問他需要我描述這些感覺嗎？他說不用。

「這是非常個人的事，你應該只讓自己知道。我怎麼能評斷？感覺是你的，不是我的。」

派特魯斯說我們就在這裡過夜。於是我們升了小小的營火，喝著他剩下的酒，我用抵達聖祥庇德波特前買的鵝肝醬做了幾個三明治。派特魯斯到附近一條溪流中捉了些魚，放在火上烤燒。然後我們就鑽進各自的睡袋。

我生命中經驗過最偉大的感覺，有一部分是我在「往聖狄雅各之路」那個令人難忘的初夜所領略到的。當時氣溫很冷，雖然時序已是夏天，派特魯斯帶來的酒令我感到溫暖。

我仰望星空，銀河橫過天際，映照出我們即將行經的這條旅程的遼闊。這種遼闊使我深深焦慮，它讓我產生可怕的恐懼感，擔心我無法成就——害怕自己太過渺小，而無法完成這項任務。然而今天我曾是一顆種子，也重新被生了出來。我發現雖然泥土和睡眠充滿了安適，但「上頭那裡」的生活卻更爲美麗。而我隨時都可以重生，不論多少次都隨我的意願，直到我的手臂長到可以擁抱我出生的土地爲止。

①「往聖狄雅各之路」只在法國文化中留下一個標記，就是在其民族的驕傲——美食——上留下名叫 Coquilles Saint-Jacques（奶油干貝）的名菜。

②事實上派特魯斯告訴我他的眞名。在書中爲了保護他的隱私所以我改了名字，不過在本書中這樣改動名字的地方不多。

造物者和創造物

連續七天，行走在庇里牛斯山脈當中，不是上山，就是下山，每到夕陽的光線從最高的山峰上映照出來時，派特魯斯就要我做「種子練習」。在行程的第三天，經過一個漆成黃色的水泥標誌，上面寫著我們已經越過邊境，從此就是西班牙境內。派特魯斯開始透露些許關於他私生活的一些事情，我才知道他是義大利人，從事工業設計的工作。①

我問他，擔不擔心因爲要引導一名朝聖者尋找到劍而必須放棄許多事。

「我向你說明一些事吧，」他答道。「我並沒有引導你去找你的劍。找到這把劍，完全是你自己的任務。我在這裡只是引導你行走『往聖狄雅各之路』，並且教導你『雷姆』的修行。你要如何把這些運用在找你的劍上，那是你的事情。」

「可是你並沒有回答我的問題。」

「當你在旅行時，你也是以一種很實際的方式，去體會重生的經驗。你要面對全新的狀況，日子過得比較慢，而且在大多數旅行中你不懂當地人說的語言。所以你就像是剛從子宮出生的嬰兒。你會更重視周遭的事物，因爲你的生存需要依賴它們。你會更容易接近別人，因爲他們可能在你有困難時適時幫助你。你會以更大的欣喜接受神祇的小小恩惠，就像那是你終生都會記住的一段插曲。

「同時呢，所有的事物對你而言都是新鮮的，你只會看到其中美好的地方，你會覺得只是活著就很快樂。所以宗教上的朝聖之旅，一向是獲得洞察力的最佳方式之一。peccadillo這個字意思是輕罪、小過，源自pecus，pecus意爲『有缺陷的腳』，是一隻無法走路的腳。糾正小過錯的方法永遠是往前走，使自己適應新情況，並接受成千上萬種恩賜，這些恩賜是生命慷慨賜予那些想要找尋它們的人。

「所以爲什麼你要認爲，我會擔心爲了來這裡陪伴你而丟下的六、七項工作呢？」

派特魯斯朝四周看了看，我也跟隨他的目光。在群峰當中的一座山間台地，一些山羊正在吃草，其中一隻比其他都要膽大，竟然站在一塊凸起的巨岩上，我想不出牠怎麼走到那裡，或是牠要怎麼下來。然而我這麼想時，這隻山羊已一躍而起，跳到一處我視力未及的所在，重返牠同伴的身邊。周遭的每樣東西都反映出一種不安的平靜，是一種世界仍處於成長、被創造中的平靜——這個世界似乎知道，它爲了要成長，必須繼續往前走，永遠往前走。大地震或具殺傷力的暴風雨或許讓大自然顯得很殘忍，但我可以明白這些只是在路上的一些變遷。大自然本身也在旅行，尋求啓示。

「我非常高興能夠來到這裡，」派特魯斯說，「我沒有完成的那些工件並不重要，而我回去後要做的事情也會變得更容易。」

以前我讀卡羅斯．卡斯塔尼達的作品時，總想親見那名年老的巫醫唐望。看著派特魯斯遠望群山的神情，我覺得自己正和一個很像他的人在一起。

第七天的黃昏，走過一些松林之後，我們到達一處山頂。查理曼大帝曾在那裡進行他在西班牙土地上的第一次禱告，而現在卻有一塊古代的碑文，用拉丁文勸告所有經過的人要念一句「恭祝女王康泰」。我們都照做了。接著派特魯斯要我進行最後一次的「種子練習」。

這時一陣強風襲來，天氣又冷。我說時間還早——頂多下午三點——但是他告訴我說不要再說了，只要照他吩咐去做就行了。

我跪在地上，開始練習。一切如常，直到我伸展雙臂，開始想像太陽的情況。就在這時，巨大的太陽照射在我面前，我進入一種恍惚的狀態。對於人類生命記憶慢慢變得模糊，我也不再是在做練習：我已經變成一棵樹了。對此，我感到無比欣喜。太陽照耀著、旋轉著，這是從來沒有發生過的事。我仍然待在原地，枝椏向外伸展，葉片在風中顫抖，我一輩子都不想改變這種姿勢——直到什麼觸碰了我，周遭景物瞬間沉暗。

我睜開眼睛。是派特魯斯剛剛拍打我的臉，現在正抓著我的肩膀。

「不要失去你的目標！」他面露慍色地說。「不要忘記在找到劍之前，你還有很多事要學習！」

我坐在地上，在冷風中顫抖。

「這種事一定會發生嗎？」我問。

「幾乎每次都會，」他說。「尤其是像你這種人，往往只著迷於細節，卻忘了自己的追求的人。」

派特魯斯從背包裡拿出一件毛衣穿上。我也穿上一件套頭運動襯衫，遮住了「我愛紐約」T恤。眞令人無法想像，在報載「近十年最熱愛的夏季」中，何以天氣冷到這種地步。兩件衣服對擋風有點幫助，不過我還是問派特魯斯可不可以走快點，好讓自己暖和些。

旅途，現在成爲好走的下坡路段了。我想我之所以感到這麼冷，是因爲我們吃得很儉省，只是魚和林中的果實②。

派特魯斯卻說，冷是因爲我們走到山脈中的制高點，而不是缺乏食物的關係。

往前不到五百公尺，就在一個轉彎處，我們看到景致已完全改觀。大片起伏的平原一直延伸到遠處。沿途而下的左側，還不到兩百公尺，一座美麗的小村莊正以裊裊炊煙等待著我們。

我準備加快速度，但派特魯斯卻攔住我。

「我想這是教你第二種『雷姆』修行的好時候。」說著，他就坐到地上，也要我坐下來。

我有些惱火，不過還是遵照他的命令。小村莊和它那吸引人的炊煙景象使我有些難過。突然間，我豁然明白我們在樹林裡已整整走了一個星期，沒有見過一個人，不是睡在地上，就是走整天的路。我的香菸抽完了，所以我都在抽派特魯斯的可怕的捲菸。睡睡袋、吃沒有調味的魚，這些是我二十歲時喜歡做的事，但現在在往聖狄雅各的路上，這對我而言卻是一種犧牲。我不耐地等派特魯斯捲好他的菸，心底卻想著在前方五分鐘不到的路程，我看中的一家酒吧內令人溫暖的酒。

穿著暖和毛衣的派特魯斯則是一派輕鬆神情，遠眺著廣闊的平原。

「你對穿越庇里牛斯山有什麼看法？」一會兒之後他問道。

「很好啊。」我回答，心裡卻不希望把對話拖長。

「一定是很好的，因爲這一段路一天就可以走完，我們卻花了六天時間。」

我簡直不敢置信。他拿出地圖給我看實際距離：十七公里。即使因爲上下坡而步伐會減緩，這段路也確實在六小時內可以走完。

「你太專心在尋找你的劍了，所以忘記最重要的事，一心只想：你必須到達那裡。由於只想要到達聖狄雅各——其實不管怎樣，也無法從這裡看到它——以至於你根本沒察覺到有四、五次我們走過幾個同樣的地方，只不過是從不同的方向。」

經派特魯斯這麼一提，我才發現這地區的最高峰伊恰希蓋山有時在我右邊，有時候在我左邊。雖然我注意到此，卻沒有想到唯一可能的結論是：我們已經來來回回走了好幾次。

「我只是走不同的路線，走走私者穿過森林的小路。但是你的責任是要發現這一點。這種情形之所以會發生，因爲往前走的過程對你而言並不存在。唯一存在的是你一心想達到目標。」

「噢，那麼如果我注意到了呢？」

「我們還是會用上七天的，因爲這是『雷姆』修行所必要的。不過至少你會以一種不同的方式走向庇里牛斯山。」

我驚訝得忘記村莊和氣溫。

「當你朝目標前進時，」派特魯斯說，「重要的是把注意力放在路上。教我們達到目標的最佳方式是路，當我們一路走來之時，路也可以使我們充實。你可以把它比擬成性關係；前戲的愛撫決定高潮的強度。這是每一個人都知道的事。

「生活中有目標也是同樣的情形。目標會變好或變壞，端賴你選擇達成的路徑，以及你和這條路周旋的方式。這也就是第二種『雷姆』修行如此重要的原因，因爲它會粹取出我們雖日常所見、卻因例行瑣事而變得視若無睹的事物的祕密。」

接著派特魯斯就教我「速度練習」。

「在城市中，由於我們平常必須做許多事，這項練習應該做二十分鐘。但因爲我們走在往聖狄雅各的奇路上，所以我們要一個小時再去村莊。」

速度練習

以平日走路速度的一半走二十分鐘。留心各種細節、人們和周遭環境，做這項練習的時間，最好是午飯過後。

連續七天重複這個練習。

●　●

已經忘卻的寒冷又回來了，我心灰意冷地望著派特魯斯。但他根本沒注意，他起身，拎起背包，開始用一種令人火冒三丈的緩慢，行走在那通往村莊的兩百公尺路上。起先我只朝小酒館的方向看去，那是一幢小巧而古老的兩層樓房，門的上方掛著一個木頭牌子。近得我都可以看到上面寫著小酒館建造的年代：一六五二年。我們往前出發了，但卻似乎沒離開原來的地點。派特魯斯慢吞吞地把一隻腳放到另一隻腳前面，我也一樣。我把錶從背包裡拿出來，戴在手腕上。

「這樣會更糟，」他說，「因為時間並非永遠以相同的步調前進。時間過得快或慢，是由我們決定的。」

我開始每分鐘都看錶，然後發現他說的話沒錯。我看錶的次數愈多，每分鐘就過得愈久。我決定接受他的建議，把錶放回背包。我想把焦點轉移至路上、平原和我踩著的石頭，但卻老是朝向前方盯著小酒館——而我深信我們根本動也沒動。我想到跟自己講故事，但是這種練習卻讓我更加焦慮，無法集中注意力。等到我再也忍不住把錶拿出來再看一次時，發現才過了十一分鐘而已。

「不要讓這種練習變得像苦刑一樣，因爲它本意並非如此，」派特魯斯說。「試試看，在一種你不習慣的速度當中找到樂趣。改變你做例行事務的方式，可以使你內心煥然一新。不過無論如何，決定要如何看待此事，還是操之在你。」

他最後一句話的善意使我稍微平靜了些。如果是由我來決定該怎麼做，那麼最好還是好好利用這個情況。我深深地呼吸，努力不要去想。把自己置放在一個奇特的狀態，讓時間遠離我，我對它絲毫不感興趣。漸漸地，我平靜下來，開始透過新的眼睛察覺到周遭事物。緊綳時無法運用的想像力，現在也發揮助力。我看著前方這座小村莊，編織起它的故事：它是如何建造的，行經這座村莊的朝聖者，以及他們吹盡庇里牛斯山的冷風後，發現居民和可投宿的場所有多麼歡喜等。曾有一度，我竟然感覺到村子裡有一種強大、神祕而無所不知的靈氣。我的想像力爲這片平原加上騎士和戰役。我能夠看見他們的刀劍在陽光下閃耀，聽見戰爭中的吶喊。小村子不再只是個讓我用酒溫熱我的靈魂、用毛毯溫暖我身體的所在而已，而是個具有歷史意義的紀念碑，是拋下一切以成爲這孤獨所在一部分的英勇人們的作品。世界就在我的四周，我自己卻很少去注意到它。

當我恢復日常的知覺時，我們已站在小酒館門口了，派特魯斯正邀請我進去。

「我請客，」他說。「然後我們早點睡覺，因爲明天我得把你介紹給一位偉大的魔法師。」

我睡了深沉且無夢的一覺。太陽才剛乍現在隆賽凡爾（Roncesvalles）的兩條街上，派特魯斯就來敲我的門。我們睡在兼營旅館的小酒館二樓房間。

我們喝了咖啡，配著橄欖油吃了些麵包便離開了，在彌漫全區的濃霧中一步步前進。隆賽凡爾其實不算是我先前以爲的村莊。在這條路上朝聖之風熾熱時，它是這一帶最有勢力的修道院，對於一直延伸到納瓦爾③邊境的領域有直接的影響力。至今仍保有一些早年的風格：此地的少數建築物隸屬於宗教修士團體的一部分。唯一具有凡俗特色的建築，就是我們住過的那間小酒館。

我們在霧中走到教士教堂④。教堂內幾位一身白色裝束的僧侶正齊聲誦讀經文，作彌撒。他們說的字句我一句也聽不懂，因爲彌撒是以巴斯克語進行的。派特魯斯坐進一排座位的角落，要我也坐過去。

教堂非常之大，盡陳列無價的藝術品。派特魯斯輕聲向我解釋，說這教堂是以葡萄牙、西班牙、法國和德國國王及皇后們的捐款建造而成，地點是查理曼大帝挑選的。在高高的祭壇上，隆賽凡爾聖女（Virgin of Roncesvalles）——一塊大型銀雕，臉孔由寶石塑成——手裡拿著開著珠寶花朵的樹枝。芬芳的香味、哥德式的建築，以及穿白衣的誦經僧侶，使我進入一種類似進行「傳統」儀式時體驗到的恍然狀態。

「魔法師呢？」我想起前一天下午他說的話。

派特魯斯朝其中一位僧侶點頭，這位僧侶是中年人，瘦瘦的，戴著眼鏡，和其他修士坐在祭壇旁的窄長凳上。既是魔法師，也是位僧侶！我迫不及待想早點作完彌撒，但是就像派特魯斯前一天所說的，決定時間步調的是我們自己：我的焦慮使得這場宗教儀式持續了一小時以上。

彌撒結束後，派特魯斯先讓我一個人坐在座椅上，與僧侶們從出口大門離開。我在原位待了一陣子，邊注視著教堂的四周牆角，邊想說我應該先作個祈禱，只是無法集中精神。諸神之像似乎在很遠很遠的地方，被封鎖在一個永遠無法返回的過去中，像往聖狄雅各之路的黃金時代一樣。

接著，派特魯斯出現在門廊，一言不發地做個手勢，要我跟著他。

我們走進修道院內的一座花園，花園環繞著一道石造長廊。中間有座噴水池，原來那位戴眼鏡的僧侶正坐在水池邊等待我們。

「何迪神父，這位是朝聖者。」派特魯斯如此介紹我。

僧侶伸出手，我和他握了握手。眾皆無語。我在等待什麼事發生，卻只聽見遠處的雞鳴和準備展開每日獵捕的鷹嘷聲音。僧侶面無表情地看著我，那種神態讓我想起，當我說出那「古代字眼」後，露德夫人看著我的樣子。

經過一段漫長且令人不安的沉默後，何迪神父終於開口。

「我覺得你在『傳統』中的階層，上升得好像有點早了，我的朋友。」

我回答說我已經三十八歲，而且在所有的試鍊⑤中，表現都還算成功。

「除了一樣，最後、也最重要的那一樣，」他說，然後依然不帶任何的表情看著我。「而且如果沒有這一項試鍊，你學到的任何東西都沒有意義。」

「這也就是我走上『往聖狄雅各之路』的原因。」

「那也保證不了任何事。跟我來。」

派特魯斯待在花園裡，我跟著何迪神父走了。我們穿越迴廊，又經過一位強者桑喬（Sancho the Strong）國王的墓地，到達一座位於幾幢主要建築之間的小教堂，隆賽凡爾的修道院便是由這幾幢主要建築構成。

小教堂內幾近空蕩：只有一張桌子、一本書和一把劍——不是我的那把劍。何迪神父坐在桌旁，我則站著。他拿了一些藥草點燃，讓整個房間彌漫著草香。這情況益發使我想起和露德夫人相遇的情形。

「首先，我要告訴你一些事，」何迪神父說。「雅各路線只是四條路當中的一條，它是『鐵鏟之路』，它也許會帶給你力量，但這還不夠。」

「另外的三條呢？」

「你至少知道了其他兩條：『往耶路撒冷之路』，也是『紅心之路』，或者說是『聖杯之路』，它能賦予你行奇蹟的能力；以及『往羅馬之路』，也叫『會社之路』，它能讓你與其他世界溝通。」

「所以剩下的那條路就是『鑽石之路』，才好湊成紙牌的四種花色⑥。」我開玩笑地說。神父也笑了。

「正是。這正是那條祕密之路。如果哪天你去走那條路，不會有任何人幫助你。目前我們先不去管它。你的海扇殼呢？」

我打開背包，拿出鑲有「聖母訪親像」的貝殼。他把像放到桌上，伸出雙手在它上方，開始專心集中注意力。他要我也照做。空氣中的香氣愈來愈濃郁。我和神父雙雙睜開眼睛，突然我能夠感覺到在伊塔夏亞發生的那種現象：貝殼發出一種晦暗的明亮，這種暈光愈來愈強，然後我聽到從何迪神父喉中發出的神祕聲音：「寶物在哪兒，心就在哪兒。」

這是聖經裡的一句話。不過這聲音繼續說：「你的心在哪兒，『基督再臨』的起源就在哪兒；就像這些貝殼一樣，朝聖者只是外層。當生命的這一層裂開了，生命就出現了，而這生命是由神的愛所構成。」

他把手收回，貝殼的暈光立即消失。接著他把我的名字寫在桌上的那本書裡。往聖狄雅各一路上我只看到我的名字寫在三本書上：露德夫人的書、何迪神父的書，以及「力量之書」，這是以後我會寫下名字的書。

「好了，」他說，「你可以帶著『聖母訪親像』和『寶劍聖狄雅各』（San Tiago of the Sword）的祝福離去了。」

「『雅各路線』是用黃色記號標出的，全西班牙都有這種標記，」我們回到派特魯斯等候的地方時，神父提醒。「你如果找不到路，任何時候都可以去找這些記號——在樹上、在石頭上，在交通號誌上——你都能夠找到一個安全的地方。」

「我有個很好的嚮導。」

「但試著儘量靠自己吧！這樣才不至於在庇里牛斯山裡來來回回走了六天。」

這麼說來，神父已經知道這件事了。

我們找到派特魯斯，然後就告別了。這天早晨離開隆賽凡爾時，霧已消散無蹤。前方延伸著一條筆直而平坦的道路，我已看到何迪神父提到的那些黃色記號。背包稍顯沉重了些，因爲我在小酒館裡買了一瓶酒，雖然派特魯斯告訴我說其實不需要。過了隆賽凡爾以後，一路上有上百座小村莊，露宿野外的機會不多了。

「派特魯斯，何迪神父說到『基督再臨』，好像現在已經發生了。」

「它一直在發生。這就是你那把劍的祕密。」

「而你告訴我說我會遇見一位魔法師，但是我明明遇見一位僧侶。魔法和天主教會有什麼關係？」

派特魯斯只說了簡短的一句：

「關係可大著呢！」

---

①據說世上沒有巧合這回事。以下這件事再次證實此言不虛。一天下午，我正在住宿的馬德

里的旅館大廳翻閱雜誌，注意到有一篇文章提到「阿斯都里阿斯親王獎」（Prince of Asturias Prize）。這個獎的得獎人之一是一位巴西記者，羅伯托．馬林諾。不過在我仔細端詳頒獎晚宴中人物照片之後卻嚇了一跳。在一張桌旁穿著考究的正式西服的，正是派特魯斯，圖片文字描述他是「當前最著名的歐洲設計師之一」。

②有一種我不知其名的紅色水果，今天我只要看到就會想吐，因爲在我走過庇里牛斯山脈的期間吃得太多了。

③納瓦爾（Navarra），昔日位於法國西南部與西班牙北部的王國（譯者註）。

④教士教堂（Collegiate Church），有教士團但沒有主教管轄的教堂（譯者註）。

⑤試鍊是一種儀式般的考驗，其中不單信徒的虔誠很重要，就連試鍊發生時所出現的示兆也很重要。「試鍊」一詞的用法起源於「宗教裁判」期間。

⑥鐵鏟（黑桃，spade）、紅心（heart）、會社（梅花，club）、鑽石（方塊，diamond）亦爲紙牌花色名（譯者註）。

殘酷

「就是那裡。那裡就是愛心被殺死的地方。」老人說著，手指向一幢蓋在石頭上的小教堂。

我們已經連續走了五天，只在吃睡的時候停下腳步。派特魯斯對他的私生活依然守口如瓶，不過倒問了我許多關於巴西和工作的問題。他說他眞的很喜歡我的國家，他最熟悉的是科爾科瓦度山上的基督救世主聖像，而且祂是張開雙臂站著的，並非釘在十字架上受苦。他想了解每件事，尤其想知道那裡的女人是不是和西班牙女人一般美麗。白天的氣溫教人難以忍受，在我們待過的所有酒吧和村莊裡，人們都在抱怨乾旱。由於氣溫的關係，我們也隨著西班牙人的習俗午睡，在太陽最熾熱的下午兩點到四點之間休息。

這天下午，我們正坐在一處橄欖樹叢中，那個老人走過來，邀請我們一起喝酒。雖然這裡天氣很熱，但飲酒的習慣已是好幾世紀來生活的一部分。

「你說愛心被殺死，是什麼意思？」我問，反正老人似乎也想與人攀談。

「好幾世紀前，有一位亞奎丹的費莉西亞公主走了一趟往聖狄雅各之路，從康波史泰拉回來的路上，她決定拋下一切，在這裡落腳。她本人就是愛的化身，她將全部的財富分給這一帶的窮人，並開始照顧病人。」

派特魯斯點燃起他那可怕的捲菸，雖然他的神色顯得不在乎，但是我看得出來他很仔細地聽老人說故事。

「她父親派了她的兄弟季勒莫公爵來帶她回家。但是費莉西亞不肯離開。情急之下，公爵就把她刺死在前方你看到的那間小教堂，那是她爲了要照料貧苦大眾，且禮讚天主而親手建造的。

「當公爵恢復神智發現自己鑄下大錯時，他前往羅馬請求教皇的寬恕。教皇命令他走到康波史泰拉以爲懺悔。接著一件奇異的事情發生了：在他回程的路上，他走到這裡時也生起了和他姊妹同樣的衝動，也在這裡駐足，並住在他姊妹建造的小教堂，終其一生都在照顧貧苦的大眾。」

「這就是報應。」派特魯斯笑道。老人不明白他的話，但我知道派特魯斯是什麼意思。他的報應觀念和因果類似，或者說是一分耕耘一分收穫之類的看法。

我們先前走在路上時，就已長篇大論地進行神與人的關係的探討了。我說在「傳統」中都會提到天主，不過祂是個複雜的神。對我來說，通往天主之路和我們現在正在走的往聖狄雅各之路相當不同，這條路上有當魔法師的神父、吉普賽人打扮的魔鬼，和會行神蹟的聖者。這些東西在我看來都很原始，和基督教關係太密切，而欠缺「傳統」儀式在我心中喚起的神迷、精緻和狂喜感覺。但是派特魯斯卻說，往聖狄雅各之路的主導概念就是單純。還說這條路是任何人都可以走的，它的意義即使再樸實單純的人也都可以瞭解，而事實上只有這樣一條路才可以通往天主。派特魯斯認爲我和天主的關係過於建立在概念、知識和理性上；而我覺得他和天主的關係卻太過簡單和憑直覺。

「你相信天主存在，我也相信，」派特魯斯就我們討論中的某一點補充。「因此天主對我們兩人而言是存在的。但如果有人不信祂，並不表示天主就不存在了。不過這也不表示不信祂的人就是違法的。」

「那你的意思是天主的存在，取決於一個人的意願和力量嗎？」

「我有一位朋友整天醉醺醺，但是他每天晚上都會念三遍『萬福馬利亞』。他母親從小訓練他這麼做。即使我這個朋友回到家已經爛醉如泥，即使他並不信天主，他也總是念『萬福馬利亞』。他死了後，有一次我參加『傳統』儀式，問起先人的靈魂他在哪裡。祖靈回答說他很好，有亮光包圍著他。他在世時毫無信仰，但是他每天進行三遍禱告儀式卻解救了他。

「在史前，天主也曾在山洞和暴風雨中顯化。當人們在山洞和暴風雨中看見祂的手之後，也開始在動物身上和森林中特別的場所看見祂。在某些艱難的時代，天主只存在於大城市裡教徒們避難的墓窖中。但是從頭至尾，祂從來沒有不以愛的形式存在於人們心中。

「近代有人認爲天主只是一種概念，必須要有科學證據才算數。在這一點，歷史已經逆轉了，或者更確切地說，是從頭來過，讓信任與愛，重新開始它們的重要性。當何迪神父引用耶穌的話說，你的寶物在哪兒，你的心也將在哪兒時，他指的是愛和善行的重要。無論你想在什麼地方見到天主的面容，你都可以在那裡見到祂。如果你不想見到，那也沒關係，只要你行善就可以。當亞奎丹的費莉西亞建造小教堂並開始幫助貧病時，她忘記了教廷的天主。她以變得更聰慧、更簡樸的方式生活——換句話說，經由愛心，成爲天主的彰顯。從這方面看來，老人說愛心被人殺死，這句話絕對是正確的。」

這時，派特魯斯又說：「費莉西亞的兄弟認爲要將被他中斷的善行持續下去，這就是報應的法則起了作用。任何事情都可以允許，唯獨愛的表現不可以打斷。當這種情況發生時，破壞的人就要負責再創造。」

我解釋說，在我們國家，報應的法則是人的缺憾和疾病，是來自前世作惡的懲罰。

「胡說，」派特魯斯說。「天主不是復仇，天主是愛。祂懲罰的唯一形式是要一個打斷愛進行的人繼續去完成。」

老人說時候不早了，他必須回去工作，便先行告退。派特魯斯也認爲我們該起身上路。

「我們忘掉關於天主的討論吧。」他說，這時我們正穿過橄欖樹叢。「天主在我們周遭的每一件事物中。他必須讓人感受到，也讓人體驗到，而我現在竟然把祂變成一道邏輯的問題，好讓你了解祂。你繼續做慢步練習，就會愈來愈了解祂的存在。」

兩天後，我們必須爬上一座名叫「寬恕峰」的山峰。費了幾個小時爬到山頂，我很訝異地發現有一群遊客正在做日光浴，一邊還喝著啤酒，他們的汽車音響用最大的音量喧嚷著。他們是從附近的一條路開上山來。

「是這樣的啊，」派特魯斯說。「你難道指望在這裡看到席德①的戰士守備，以待摩爾人再次進攻嗎？」

下山時我做了最後一次的「速度練習」。前方是另一片廣袤的平原，稀稀落落的植物都被焚風燒毀，平原四周是藍色的山脈。這裡幾乎連棵樹都沒有，地面只有石頭和一些仙人掌。練習結束後，派特魯斯問起我的工作，這時我才發現我已有好一陣子沒有想到它了。我對丟下生意和未完成事情的擔憂幾乎消失了。如今我只在夜裡想到這些事，而且即使如此，我也沒有太在意。我很高興在此走這一趟路。

我告訴派特魯斯這個感覺，他開玩笑說：「現在你隨時都可以做出和亞奎丹的費莉西亞相同的事了。」然後他停下腳步，要我把背包放到地上。

「你看看周圍，然後選擇一個注視的目標。」他說。

我選擇遠方一個可以看得到的教堂十字架。

「把你的眼睛固定在那一點上，試著只集中注意力在我說的話上。即使感到有些異樣，也不要分心。照我的話去做。」

我全身放鬆地站在那裡，眼睛盯著十字架，這時派特魯斯站到我身後，用一根手指按著我頭部的底處。

「你正在走的路是『力量』之路，所以只有和力量有關的練習可以教給你。在此之前的旅程因爲你只想快點抵達終點，所以是一場折磨，從現在起就是一件快樂的事。是尋找的樂趣，也是一場冒險的樂趣。你正在孕育某種非常重要的東西——你的夢想。

「我們永遠不可以停止作夢。夢想爲靈魂帶來滋養，正如同一頓餐飯可以帶給身體養分一樣。儘管我們在生命中看盡多少夢想破滅、願望受挫，但是我們必須繼續夢想下去。

如果不這麼做，我們的靈魂就會死亡，而神愛就無法達到靈魂之處。在那片田野中曾經灑落許多鮮血，西班牙人驅逐摩爾人的戰役中，有幾場最慘烈的戰爭是在那裡進行的。孰對孰錯或誰知道眞相並不重要，重要是雙方都在那裡打了美好的一仗。

「美好的仗是我們的心要我們去打的。在英雄的年代，也就是穿著甲冑的騎士時代，這是件容易的事。當時有土地要征服，有許多事要做。不過今天世界已經改變許多，美好的仗也從戰場轉移到我們心中的田野。

「美好的仗是以我們夢想之名去打的仗。當我們年輕，而夢想頭一次以它所有的力量在我們心中綻放時，我們勇氣十足，但卻未學會如何去作戰。我們很努力地學會如何作戰，但是那時我們卻沒有勇氣親臨戰場。於是我們和自己作對，在內心交戰。我們成爲自己的敵人。我們說我們的夢想太幼稚，或太困難而不能實現，或夢想是因爲我們對生命不夠了解所致。其實，是因爲我們不敢去打那美好的仗，於是我們就殺死夢想。」

派特魯斯按住我脖子的手指力量更大了。我察覺教堂上的十字架變了樣，此刻它的輪廓似乎是一個有翅膀的東西，是個天使。我眨了眨眼睛，十字架又成爲十字架了。

「扼殺我們夢想的過程，第一個徵兆是沒有時間，」派特魯斯繼續說。「我生命中所認識最忙碌的人，總是有足夠的時間去做每一件事情。而什麼事都不做的人永遠都疲累不堪，對自己必須去做的少數事情毫不在意。他們經常抱怨說白天太短。事實上他們是畏懼去打那美好的仗。

「我們夢想之死的第二個徵兆是安於現實。當我們不願把生命視爲是一場偉大的冒險，我們開始認爲自己對生命的無所求是智慧的、是公平的，也是正確的。我們的目光越過日常生活的圍牆，我們聽到長矛互擊的聲音，聞到塵灰和汗水的氣味，也看到慘敗和戰士眼中的怒火。但我們永遠看不到那種欣喜，那種奮戰者心中無窮的欣喜。對他們而言，勝敗並不重要，重要的是他們正在打那美好的仗。

「最後，我們夢想消逝的第三項徵兆，就是平靜。生命變成了星期天的下午；我們不要求偉大的事物，也不再要求必須付出更多的事物。於是，我們自認爲成熟，將年輕時的幻想拋開，只尋求個人和職業上的成就。當同年齡的人說，他們仍想得到生命中的這或那時，我們會感到很驚訝。可是說眞的，在心底我們很明白，是自己放棄了爭取夢想的戰役——我們不肯去打那美好的仗。」

教堂的鐘塔一直在變，現在它像是一位張開翅膀的天使。我愈是眨眼，那個天使像就愈是在那裡。我很想對派特魯斯說，但是我感覺他的話還沒說完。

「當我們放棄夢想而得到平靜時，」過了一會兒，他說：「我們會經歷一段短暫的寧靜時期。但已逝的夢想將開始在我們心中腐爛，感染我們整個人。我們變得對周遭的人們殘忍無情，也開始用這種殘忍對付自己。這時身體和精神疾病就來了。我們想要逃避戰爭中的失望和挫敗，卻因爲我們的怯懦而襲向我們。有一天那已逝的、殘破的夢想會使呼吸變得困難，我們就眞的在尋死了。死亡讓我們從我們的現實、我們的工作，從那可怕的週日下午的平靜中解脫出來。」

現在我確定我眞的見到一名天使，而我再也無法專心聆聽派特魯斯說的話。他必然也察覺到，因爲他把手指從我脖子移開，不再說話。天使的形象又持續了一會兒，接著就消失了。在祂位置上是重返的教堂鐘塔。

我們沉默了幾分鐘。派特魯斯捲了根菸，開始抽了起來。我從背包拿出那瓶酒，喝了一口。酒是溫的，不過仍然很香醇。

「你看到什麼了？」他問我。

我告訴他天使的事。我說剛開始我一眨眼那個天使像就會消失。

「你也是，必須學習如何打這場美好的仗。你已經學會接受生命所給予的冒險和挑戰，但是你仍想要否定任何奇特的事。」

派特魯斯從他的背包拿出一個小東西給我。那是一個金質別針。

「這是我祖母給我的禮物。在『雷姆』教會中，所有前人都有一個像這樣的東西，稱做『殘忍刺針』。當你看到天使出現在教堂鐘塔，你想要否認它，因爲那不是你慣常所見的經驗。在你的世界觀中，教堂就是教堂，而幻覺只有在『傳統』儀式造成的恍惚狀態中才會發生。」

我說我的幻覺一定是因爲他加諸在我頸部的壓力所引起的。

「沒錯，可是這改變不了任何事。事實是你拒斥了幻覺。亞奎丹的費莉西亞必然看到類似的情景，而她用她的一生去賭她所見到的事物。她這麼做的結果，使她的工作成爲愛的成果。她兄弟或許也發生了同樣的事。而同樣的事情每天都發生在每個人身上；我們永遠知道最好的路是哪一條，但是我們卻只走我們習慣的路。」

派特魯斯又開始往前而行，我也尾隨其後。陽光照得我手裡的那個別針閃閃發亮。

「能夠拯救我們夢想的唯一方法，就是對自己慷慨大度。任何想造成自我懲罰的企圖——不管這種自我懲罰有多麼不明確——都應該嚴格處理。爲了了解什麼時候我們會對自己殘忍，我們必須將任何造成精神痛苦的企圖，例如罪疚、懊悔、猶豫和怯懦，轉變爲身體的痛苦。將精神的痛苦轉變爲身體的痛苦，我們就可以知道它會爲我們造成什麼樣的壞處。」

接著派特魯斯教我「殘酷練習」。

殘酷練習

每當有一種念頭進到你心中，使你對自己感到很不快時——嫉妒、自憐、羨慕、仇恨等，做以下練習：

- 用食指指甲戳同一隻手的大拇指指甲旁邊的硬肉，直到感到很疼為止。集中注意力在這陣疼痛上：這是你正承受精神上的痛苦所反映在身體上的。一直到殘酷的念頭消失後，才減輕指甲的力量。

- 視你的所需重複練習，直到這個念頭離開為止，即使這意謂著你必須一再刺自己的大拇指。每次殘酷念頭重返的時間都會更久，最後它終將完全消失，只要這種念頭一出現在心底時，就一定要做這種練習。

●

「古代人是用一根金別針做這種練習，」他說。「近來情況改變了，正如同往聖狄雅各之路沿途的景觀不斷改變一樣。」

派特魯斯的話是對的。從這裡往上看去，這片平原像是面前一座綿延而去的山脈。

「你先想一件今天對自己做過的殘酷的事，然後進行這項練習。」

我想不出一件。

「一向如此。在我們需要對自己嚴格的少數時間中，我們卻只會對自己仁慈。」

突然間我想起來我罵過自己是白癡，因爲別的遊客都開車上山，而我卻費盡千辛萬苦才爬上「寬恕峰」。我知道這並不公平，我對自己太殘酷了，畢竟遊客只是想找個地方做做日光浴，而我卻是要尋找我的劍。我並不是白癡，即使我自覺像是。我用力把指甲刺向大拇指指甲邊的硬肉。劇烈的疼痛油然生起，而當我集中注意力在疼痛上時，那種白癡的感覺也消散了。

我把這情形描述給派特魯斯聽，他笑了笑，什麼也沒說。

這天晚上，我們住在一間舒適的旅館中，旅館位於我先前注視的教堂所在的村莊中。晚飯過後，我們決定到街上散步，幫助消化。

「在所有我們傷害自己的方式中，最糟的就是經由愛。我們總是會因爲某人不愛我們、某人離開我們，或某人不肯離開我們而受盡苦難。如果我們孑然一身，那是因爲沒有人要我們；如果我們結了婚，我們又把婚姻變成奴役。這眞是多可怕的事！」他憤憤不平地說。

我們來到一座廣場，先前見到的那座教堂就在這裡。教堂並不大，也沒什麼建築特色。它的鐘樓高聳上天。我想要再看見天使，卻無法做到。

「當耶穌基督降臨人世，祂帶給我們愛。但由於世人只將愛視同於受苦和犧牲，他們便認爲必須將耶穌釘死在十字架上。如果不這麼做，沒有人會相信耶穌所帶來的愛，因爲人們如此習慣於每天爲自己的問題受苦。」

我們坐在路邊，凝望著教堂。派特魯斯再次打破沉默。

「你知道巴拉巴②是什麼意思嗎，保羅?『巴』（Bar）意思是『兒子』；『拉巴』（abba）意思是『父親』。」

他看著鐘樓上的十字架，雙眼發亮，我可以察覺他受到某樣啓示而感動——或許是他談過許多的「愛」吧，但是我不確定。

「神的天國用意是如此地睿智！」他說，聲音在空蕩的廣場上發出回音。「當彼拉多③要眾人選擇時，其實他根本沒有給他們選擇。他呈獻給大家看的是，一個人被鞭笞得即將崩潰了，另一個人則是頭抬得高高的——作亂的巴拉巴。天主知道眾人會讓較弱的那個人被置於死地，好證明他的愛。」

他的結論是：「不論他們的選擇是哪一個，被釘上十字架的都是耶穌基督。」

---

①席德（El Cid），十一世紀的西班牙抵抗摩爾人入侵的英雄（譯者註）。

②巴拉巴（Barabbas），聖經中一名惡徒，猶太人要求將之釋放，而將耶穌釘上十字架（譯者註）。

③聖經中記載審判耶穌的猶底亞總督（譯者註）。

使者

「在這裡，所有往聖狄雅各的路都合而爲一。」

我們抵達普恩・德・拉・瑞納時是清晨時分。這座村莊的名字刻在一座朝聖者雕像的基座上，朝聖者穿著中世紀的裝束：三角帽、披肩，帶著海扇殼，手拿著一根掛著個葫蘆的牧羊手杖——這是一趟偉大旅行的紀念，我和派特魯斯此刻就在重新體驗當年那一趟現已幾乎被人遺忘的旅行。

前一晚我們住在一間修道院。一路上這種修道院很多。在門口接待我們的修士警告我們，在修道院院牆內不能說一句話。一名年輕僧侶分別領我們到各自住宿的凹室房間，裡頭只有必要用品：一張硬床、陳舊卻很乾淨的被單、一大壺水和用來做爲個人衛生的盆子。凹室內沒有自來水，也沒有熱水，用餐時間表則貼在門後。

在指定的時間中，我們走到樓下餐廳。僧侶們因爲守靜的誓言所以都只能用眼神溝通，我的感覺是他們的眼神比其他人更要明亮有力。晚餐時間很早，我們和穿著棕色服裝的僧侶們一起坐在窄桌前用餐。派特魯斯在他的位子上投給我一個訊號，我很清楚他的意思：他想抽菸想得不得了，不過看樣子他一整晚都不可能抽。我也是同樣情形，於是我用指甲去戮大拇指指甲邊的硬肉，這裡已經要皮開肉綻了。對我而言這眞是太美妙了，我無法對自己做任何殘酷的事。

晚餐的飯菜都上了：蔬菜湯、麵包、魚和葡萄酒。每一個人都低頭禱告，我們跟著他們一起誦念祈禱文。在用餐的同時，一名僧侶念讀一段聖保羅書。

「神卻揀選了世上愚拙的，叫有智慧的羞愧，又揀選了世上軟弱的，叫那強壯的羞愧，」僧侶以微弱而平淡的聲音念著。「我們爲基督的緣故算是愚拙的。直到如今，人還把我們看作世界上的污穢，萬物中的渣滓。但神的國不在乎言語，乃在乎權能。」

整餐飯之間，保羅給哥林多人的諫言在空蕩的牆壁之間回響。

我們走進普恩·德·拉·瑞納村時，還在談著前一晚的那些僧侶。我和派特魯斯招認，說我在房裡抽了菸，當時好怕有人會聞到我香菸的味道。他笑了起來，我看得出來他恐怕也做了同樣的事。

「施洗者聖約翰走入沙漠，但耶穌卻走進罪人之中，並且無止盡地旅行，」派特魯斯說。「我也比較喜歡這樣。」事實上，耶穌除了在沙漠中的時間以外，更把祂所有的時間都放在人群當中。

「其實他行的第一個奇蹟並不是救了誰的靈魂或治好疾病，更不是驅魔，而是在一場婚禮中把白水變成絕佳的葡萄酒，因爲主人家的葡萄酒不夠了。」

派特魯斯說完這話忽然停下來。由於事出突然，我也警覺起來，停止腳步。我們已來到這村莊名稱由來的橋邊。但派特魯斯並沒有看著前方的路，眼光緊盯著在河邊玩橡膠球的兩名男孩。男孩約莫八歲或十歲左右，似乎沒有注意到我們。派特魯斯沒過橋，反倒爬下堤岸，走近男孩。我一如往常，連問也沒問就跟著他。

男孩們仍然沒注意到我們。派特魯斯坐下來看他們玩，直到球落到他坐的地方附近。他用很快的動作一把抓過球來丟給我。

我在空中接到球，然後等著看會發生什麼事。

其中一個男孩——年齡比較大的那個——走向我。我的第一個衝動就是把球丟給他，可是派特魯斯的行爲太不尋常了，於是我決定先拿著球，看看會發生什麼事。

「把球給我，先生。」男孩說。

我看著距我兩公尺的這個小傢伙，感覺他某些地方有種熟悉感。這種感覺和那個吉普賽人是一樣的。

男孩要了幾次球，一直得不到我的回答，於是他彎腰撿了一塊石頭。

「把球給我，不然我拿石頭丟你。」他說。

派特魯斯和另一個男孩沉默地望著我。男孩的攻擊惹火了我。

「丟石頭啊，」我回答。「丟到我的話，我就過去拿石頭打你。」

我感覺到派特魯斯鬆了口氣。心底某個聲音告訴我說，我曾經經歷過這一幕。

男孩被我的話嚇到了，他讓石頭落地，然後試試另一種方法。

「普恩．德．拉．瑞納這裡有個古物，從前是一個富有的朝聖者所有。我從你們的貝殼和背包看出來你們是朝聖者。如果你把球還給我，我就給你那個古物。它藏在河邊的一處沙地裡。」

「我要留下這顆球。」我說是說，並不十分肯定。其實我要的是那個古物。男孩說的似乎是實情。但也許派特魯斯要這顆球有他的理由，我不想讓他失望。他是我的嚮導。

「聽著，先生，你並不需要這顆球，」男孩說，這時他眼中噙著淚水。「你很強壯，又見過世面，跑過很多地方。我只知道這條河的河邊，這顆球是我唯一的玩具。求求你把它還給我吧。」

男孩的話打動了我。但這個熟悉得怪異的環境，以及我覺得自己見過或經歷過此情此景的感覺，使我再次拒絕了他。

「不行。我需要這顆球。我可以給你足夠的錢去買別的球，甚至比這顆都好的球，但是這個球是我的。」

當我這麼說時，時間似乎停止了。周遭景象開始轉變，即使沒有派特魯斯的手指按著我的脖子。短短一瞬間，我們像是被送到一片廣闊、駭人的灰色沙漠中。派特魯斯和另一個男孩都不在其中，只有我和眼前的這個男孩。他變得比較大一些，面容也比較和善、親切。但他眼中有種光，使我害怕。

幻象維持不到一秒鐘。接著我又回到普恩·德·拉·瑞納，亦即自歐洲各地前往聖狄雅各的多條道路合而爲一之處。就在這裡，一個男孩站在我面前，以乞憐而哀傷的眼神在討回他的球。

派特魯斯走近我，從我手裡拿過球，交給男孩。

「古物藏在哪裡？」他問那個男孩。

「什麼古物？」他說，同時間他一把抓住朋友的手立即跳開，躍進水裡了。

我們爬上堤岸，過了橋。我開始問發生了什麼事，又描述我所見到的沙漠幻象，但是派特魯斯卻改變話題，說等走遠些再討論。

半小時後，我們來到羅馬時代鋪路遺跡一段仍然可見的路面。這裡有另一座橋，不過已成廢墟。我們坐下來吃僧侶爲我們準備的早餐：裸麥麵包、優格和羊乳酪。

「你爲什麼要那個孩子的球？」派特魯斯問我。

我告訴他，說我並不想要那顆球——我會那麼做，是因爲派特魯斯表現得很怪異，好像那顆球對他非常重要。

「事實上的確如此。那顆球讓你打敗你的內在魔鬼。」

我的內在魔鬼？這是整個旅程中我聽過最荒唐的事。我在庇里牛斯山脈來回走了六天；我遇見一位魔法師神父卻沒有行法術；而我的手指還開了花，每當我對自己有殘忍的念頭——從憂鬱症到罪惡感到自卑感——我就必須用指甲去戮我受傷的大拇指。不過有一件事派特魯斯倒說對了：我的負面思想消失得極驚人。然而這個內在魔鬼的說法，卻是我聽都沒聽過——我也不會輕易相信。

「今天過橋之前，我就有種很強烈的預感，覺得某人即將出現，這個人想要給我們警告。但這警告主要是針對你，而不是我。一場戰役很快就要發生了，而你必須打一場美好的仗。

「在還不認識你的內在魔鬼時，他通常會在你最接近的人身上顯現。我四下打量一番，看到那兩個孩子在玩耍──我猜或許就在這裡，他會提出他的警告。不過我只是根據預感行事。當你不肯把球還回去時，我才敢確定那就是你的內在魔鬼。」

我又說了一遍，說我那麼做，只是因爲我以爲派特魯斯希望如此。

「怎麼說是我呢？我一個字也沒說。」

我開始感到有點頭暈。也許是食物的關係吧，因爲在走了幾乎一小時而感到飢腸轆轆後，我狼吞虎嚥地吃著早餐。可是我對那男孩仍有一種揮之不去的熟悉感。

「你的內在魔鬼會採取三種典型的方式：威脅、承諾，以及攻擊弱點。恭喜你，你很勇敢地抵抗了。」

現在我想起來了，派特魯斯曾問那男孩關於古物的事。當時我以爲男孩的反應不過是想騙騙我。但他必定眞有個古物藏在那裡──魔鬼絕不會亂作承諾的。

「當男孩記不起任何古物的事時，就表示你的個人魔鬼已經離開了。」

然後他眼睛眨也不眨地又加上一句：「現在該是叫他回來的時候了。你會需要他。」

我們正坐在舊橋的遺址上。派特魯斯小心翼翼地收起吃剩的東西，放進僧侶們給我們的紙袋。眼前的田野上，人們開始出現，準備一天的耕田工作，不過他們在很遠的地方，所以我聽不見他們說的話。這片田地高低起伏，耕種過的一塊塊田地在這片景色中形成特別的設計圖樣。而我們腳下的水道即將完全乾涸，幾乎沒有任何水聲。

「基督走進人群之前曾去過沙漠，和祂的內在魔鬼對話，」派特魯斯開始說。「祂已經知道了所有需要知道的有關人類的事，但祂不讓魔鬼訂定遊戲規則，就因爲這樣，祂才贏了。

「曾經有詩人說，人不是孤島。爲了打美好的仗，我們需要幫助。我們需要朋友，而當朋友不在身邊時，我們必須將孤獨變成主要的武器。我們需要身邊的每一樣東西，好採取必要的步驟，迎向我們的目標。每一樣東西都必須是每一個人想打贏美好的仗的意志展現。如果我們不了解這一點，就不會認清我們需要萬事萬物，需要每一個人的協助，我們就會成爲自負的戰士。而我們的自負到頭來只會打敗我們自己，因爲我們會對自己太有把握，而看不見戰場上的種種陷阱。」

他這番關於戰士和戰爭的話再次使我想到卡羅斯．卡斯塔尼達的唐望。我在心裡自問：不知道那個老巫醫會不會在一大早，他的門徒在早餐都還沒消化時，就開始講起道理來？但是派特魯斯繼續說：

「環繞在周圍的環境，可以幫助我們的物理力量之外、之上，基本上有兩種精神力量在我們身旁：天使和魔鬼。天使永遠在保護我們，他是神聖的恩賜——你不需要去召喚他。只要你以包容的眼光去看世界，你總是能看見你的天使的面容。他是這條河、是田裡的工人，是藍色的天空。幫助我們經過小溪的這座古橋，曾是沒沒無聞的古羅馬軍人親手建造的，而這座橋也是你的天使面容。我們的先祖稱它爲守護神。

「魔鬼也是天使，不過他是一種自由的、反叛的力量。我比較喜歡稱他爲使者（messenger），因爲他是你和世界之間主要的聯繫。在古代，他的代表是信息之神（Mercury）和眾神使者（Hermes Trismegistus）。他的活動範圍只在物質層面。他出現在教會的黃金物品上，因爲金來自於土，所以土地就是你的魔鬼。他出現在我們的工作和我們處理金錢的方式中。當我們放開他，他便會消散殆盡。當我們驅離他，我們便失去他可以教導我們的所有美好事物；他對這個世界和人類知道得非常多。當我們著迷於他的力量時，他就擁有了我們，並使我們無法去打那美好的仗。

「因此我們和使者打交道的唯一方法，就是把他視爲朋友一樣接納——傾聽他的建議，在需要時請求他協助，但是絕不要讓他訂立遊戲規則。就像你對待那男孩的情形一樣。不要讓使者訂立遊戲規則，首先你要知道你想要的是什麼，其次是你要知道他的臉孔和名字。」

「我怎麼會知道這些呢？」我問。

於是派特魯斯就教我「使者儀式」。

「等到晚上再進行，那時候比較容易。」派特魯斯說。

「今天你們第一次見面時，他會告訴你他的名字。這個名字是個祕密，應該永遠都不要告訴任何人，即使是我也不行。誰知道你使者的名字，誰就會毀掉你。」

派特魯斯站起來，我們開始走路，很快就走到工人在工作的田地。我們和他們說「早安」，便繼續上路。

「如果必須用個比喻，我會說天使是你的甲冑，而使者是你的刀劍。甲冑在任何狀況中都可以保護你，但是刀劍卻可能在戰爭中掉落地面、或刺殺一個朋友，或反過來對付自己主人。刀劍幾乎可以用來做任何事……，除了坐在上面之外。」他說著笑了起來。

我們在一座城鎮停下來吃午餐，招呼我們的侍者顯然心情欠佳。我們問他的事情，他一概不答，上菜匆忙草率，甚至還把咖啡濺到派特魯斯的短褲上。於是我看著我的嚮導經歷的轉變：盛怒之下，他去找老闆，並大聲抱怨侍者的無禮態度。最後他到男廁脫下短褲，店老闆洗乾淨短褲，放在戶外曬乾。

等著下午兩點的太陽曬乾派特魯斯的短褲時，我回想起這天早上我們所談過的每件事情。的確，派特魯斯對於河邊那個男孩的話，大多數都還頗有道理，畢竟我也見到沙漠和一張臉孔的幻象，但是關於「使者」的故事，在我看來就有一點粗糙原始了。對身處二十世紀而稍具知識的人而言，地獄、魔鬼的觀念實在沒什麼道理。在「傳統」中，「使者」是個統治地上各種力量的靈魂，而且永遠都是朋友，而我遵循「傳統」的教誨，比我走這一趟往聖狄雅各之路的時間要來得更久些。「使者」多半運用在魔法中，但不是個盟友，或是日常事件的顧問。派特魯斯要我相信我可以利用使者的友誼，做爲改善我的工作和與世界相處的工具。除了凡俗之外，我也覺得這個觀念未免太幼稚點。

使者儀式

1. 坐下，完全放鬆。任由心思漫遊漂蕩，無所限制。過一會兒後，開始對自己複述：「現在我已經放鬆了，我正處於最深沉的睡眠當中。」

2. 當你覺得你的心不再有任何牽掛時，想像你的右邊有一團烈火。讓這團火熊熊照亮著。然後平靜地說：「我命令我的潛意識顯現。我命令它展開，顯現它神奇的祕密。」等候一段時間，只專心在火的上面。如果有一個影像出現，那就是你的潛意識顯現了。想辦法讓它一直都在。

3.讓這團火一直在你右邊，開始想像你的左邊也有另一團火。當這兩團火都燃燒得十分旺盛之時，靜靜念出以下的文字：「願在萬人萬物中顯現的耶穌基督，在我召喚我的使者時，也在我之中顯現。（使者名字）現在就將出現在我面前。」

4.使者應該出現在兩團火焰之間。和你的使者談話，討論你的問題，徵求他的意見，並且給他必要的命令。

5.談話結束時，用以下的話請走使者：「感謝耶穌基督使我行方才所行的神蹟。願（使者名字）每當我召喚時便能重返：當他在遠處時，願他幫助我進行我的工作。」

●

注意：在第一次召喚使者，或在最初幾次召喚使者儀式過程中，能否進行順利，視進行此儀式者的專注力而定，不要說出使者的名字，只要說「他」。如果儀式進行順利，使者會立刻以精神感應的方式顯現他的名字。如果沒有，要堅持做下去，一直到你知道他的名字，只有在這時候才能開始談話。儀式重複的次數愈多，使者的出現就愈明顯，他的行動就會愈迅速。

但我已向露德夫人立誓過，說我會絕對服從我的嚮導。於是我再一次把指甲刺進我那通紅且綻開的大拇指上。

「我不應該責怪他的，」我們離開後，派特魯斯說起那名侍者。「我的意思是，他畢竟不是把咖啡灑到我身上，而是灑到他痛恨的世界上。他知道外頭有一個廣大的世界，遠遠超出他的想像。但他對那個世界的參與卻只限於一早起床、到麵包店、招呼任何一位前來的客人、每天晚上靠自慰去夢想一些他永遠無法認識的女人。」

平常這時候我們會停下來睡個午覺，可是派特魯斯卻決定繼續前進。他說這是一種對侍者不夠寬容的懺悔方式。而我這個啥事也沒做的人，也只得陪著他在炎熱的太陽下辛苦跋涉。我想著美好的仗和幾百萬個散居這個星球上、此刻卻做著他們不想做的事情的人。「殘酷練習」雖然使我的大拇指疼痛，此際卻幫助了我。它幫助我看到我的心靈是如何地背叛我、將我推進我不想在其中的狀況、推進對我毫無助益的情緒中。就在這時候我開始希望派特魯斯是對的：確實有使者存在，我可以和他說起實際的事情，並請他幫助我解決平時的問題。我急著希望夜晚降臨。

與此同時，派特魯斯卻對那個侍者的事又說個不停。最後他終於說服自己是做對了，他再一次引用基督的論證支持他的立場。

「基督可以原諒通姦的婦人，卻詛咒不肯給他無花果的種樹人。況且我也不是到這裡來做好好先生的。」

這樣就成了。在他看來，這個問題就此了結。聖經再一次救了他。

夜裡近九點鐘，我們才走到艾斯泰拉（Estella）。我洗了個澡，然後下樓吃點東西。第一本「雅各路線」指南書的作者皮考曾描述艾斯泰拉是個「肥沃的地方，有好吃的麵包和美酒、肉類和魚。愛格河裡有乾淨清澈的河水。」我沒有喝河裡的水，但就餐廳的菜單而言，皮考的評價即使過了八個世紀仍然無誤。它有燉羊腿、朝鮮薊心，和年分很好的雷歐哈葡萄酒。我們在餐桌旁坐了很久，談些瑣事，品嘗好酒。最後，派特魯斯說該是我第一次和我的使者進行接觸的時候了。

我們走到戶外打量這座城。有些巷子直通到河裡，就像威尼斯一樣，我決定在其中一條巷內坐下。派特魯斯知道從這時起，儀式須由我自己來主持，於是他退到一旁。

我凝視河面良久，河水和水流聲開始把我帶離了這個世界，在我心中產生深深的安寧。我閉上眼睛，想像第一團火。起先要想像並不容易，終於它還是出現了。

我念出儀式的詞語，另一團火出現在我左邊。兩團火之間被火光照得通明的空間，是一片空白。我繼續盯著這片空白一陣子，盡力不去思想，好讓使者顯現。但是他沒有出現，反倒是各種奇特的景象紛呈而現——一座金字塔的入口、穿著純金的女人、幾個圍著一團火堆跳舞的黑人。影像飛快地一個接著一個出現又消失，我任由它們來去，不去控制。我還看見某些我和派特魯斯走過的路段——僻徑、餐館、森林——直到突然間，毫無預警的，這天早上我見過的灰色沙漠，出現在兩團火焰的中間。而沙漠中有個人正看著我，就是那個眼神帶著叛逆卻親切和善的人。

他笑了起來，恍惚中我也笑了。他舉起一個封起來的袋子，然後他把袋子打開，往裡頭看——他那種看法，使我看不見裡面。接著一個名字出現在我心中：艾斯特蘭①。

我開始想像這個名字，並讓這個名字在兩團火當中跳動，接著使者點頭表示同意。我已經知道他的名字了。

該結束這個練習了。我念了儀式中該說的話，並將兩團火熄滅——先熄掉左邊的，再熄掉右邊的。我睜開眼，愛格河正在我前方。

「比我想像的要容易得多。」我告訴派特魯斯那兩團火之間，發生的每件事情。

「這是你們的第一次接觸——這次會面可以建立雙方的認識和共同的友誼。如果你每天都召喚你的使者，並和他討論你的問題，你和他的對話就會很有成果。但你必須知道如何分辨什麼是眞正的協助，什麼是陷阱。每次和他見面時都要準備好你的劍。」

「可是我還沒有劍。」我說。

「沒錯，所以他不會對你造成很大的傷害。但即使如此，你還是不要讓他輕易得逞。」

儀式結束了，我離開派特魯斯，回到旅館。在床上，我想起招呼我們午餐的那個可憐的侍者。我很想回去教他「使者儀式」，告訴他說只要他願意，他可以改變一切。但是想要拯救世界是沒有用的：我連自己都還拯救不了呢。②

---

① 這不是眞正的名字。

② 這段關於我頭一次「使者儀式」的描述並不完整。事實上，派特魯斯解釋了我的幻象的意義，也解釋了那些記憶以及艾斯特蘭給我看的那個袋子的意義。不過由於每次和使者的見面情況都因人而異，我不希望堅持我個人的經驗，因爲那說不定會影響別人的經驗。

愛

「和你的使者說話，並不要問關於靈性世界的問題，」第二天派特魯斯說。「使者對你只有一種功用：他可以幫助你解決有關物質世界的問題。而且只有在你確實知道自己要的是什麼時，他才能給予你幫助。」

我們在一個鎮上停下來喝點東西。派特魯斯點了一杯啤酒，我要了一杯飲料。我的手指在桌面的水漬上畫著抽象的圖型，心裡很憂慮。

「你跟我說使者顯現在男孩身上，是因爲他需要告訴我一件事。」

「一件很緊急的事。」他確定無誤。

我們又談到了使者、天使和魔鬼的一些事。在「傳統」中的神祕概念，被如此實際地應用出來，讓我很難接受。派特魯斯說我們總是尋找某種回報。但是我提醒他說，耶穌說過富人不會進入天國。

「但是耶穌酬賞那些明白如何使他們的主人更為精練的人。人們不會因為耶穌只是個傑出的演說家就相信他：他必須行奇蹟，並酬賞追隨他的人。」

「任何人都休想在我的酒吧裡咒罵耶穌。」一直在聽我們說話的店老闆開口了。

「沒有人在咒罵耶穌，」派特魯斯回答。「人們犯下濫用耶穌之名的罪時，才會詆毀耶穌。就像你們在那個廣場上所做的事。」

店老闆遲疑了一會兒，接著他說：「我和那件事沒有關係。那時候我還是個小孩子。」

「有罪過的永遠是別人。」派特魯斯喃喃說道。老闆走進廚房，我便問派特魯斯他說的是什麼。

「五十年前，就在我們現在這個二十世紀，有一個吉普賽人在外頭的廣場上被綁在柱子上用火燒死。他被指控行魔法和褻瀆聖體。這個案子在西班牙內戰的新聞中被淹沒了，如今沒幾個人還記得，除了住在這裡的人之外。」

「你怎麼知道呢，派特魯斯？」

「因為我走過這條路。」

我們繼續在這間空蕩的酒館中喝著。太陽熾熱，現在是我們的午休時間。幾分鐘後，老闆再次出現，還帶著鎮上的神父。

「你們是什麼人？」神父問。

派特魯斯把縫在背包上的海扇殼拿給他看。朝聖者走在酒館前的這條路上已經有一千兩百年歷史，向來的傳統是每位朝聖者在任何情況下都要受到尊敬和歡迎。神父說話的語氣改善了。

「走在往聖狄雅各之路上的朝聖者怎麼會說耶穌的壞話呢？」他用一種合乎教義應答的口氣問。

「這裡沒有人說耶穌的壞話。我們在說假借耶穌之名所犯之罪的壞話。就像在廣場上被火燒死的那個吉普賽人一樣。」

派特魯斯背包上的貝殼也改變了店老闆的態度。現在他對我們說話的口氣比較尊敬了。

「那個吉普賽人的詛咒至今還在。」他說，而神父以一種責怪的神情看著他。

派特魯斯想知道是怎麼回事。神父說這都是村民說的故事，教會並不贊同，但店老闆繼續說：

「吉普賽人臨終前說，村子裡最小的孩子將會接收他的魔鬼，並與之合而爲一。當這孩子年老、死亡之後，魔鬼會傳到另一個孩子身上，一直這樣傳續下去，一個世紀接一個世紀，永不停止。」

「這裡的土壤和附近其他村鎮的土壤相同，」神父說。「其他村鎮鬧旱災，我們也鬧旱災。天空下了雨，收成好的時候，我們的穀倉也是裝滿的。發生在我們這裡的事也都發生在鄰近村鎮上。這整個故事都是胡思亂想而來的。」

「沒有事情發生，是因爲我們隔絕了詛咒。」店老闆說。

「那麼讓我們去看看吧。」派特魯斯說。神父笑言不能這樣。酒館老闆畫了個十字。兩個人都連動沒有動。

派特魯斯卻堅持要帶我們去看被詛咒的人。神父告退，說他原先正在處理要事之際被打斷，現在必須趕回教堂。眾人還來不及說任何話時，他就先走了。

酒館老闆恐懼地看著派特魯斯。

「不要擔心，」我的嚮導說。「只要指給我們看那個被詛咒的人住的房子就行了。我們要去試試把鎮上的詛咒除去。」

酒館老闆和我們一起走上滿布灰塵的街道。炙熱的午後陽光射向各處。我們走到鎮郊，他指著路旁一幢孤伶伶的房子。

「我們總會送些衣食、和他們需要的物品過去，」他帶著歉意說。「可是就連神父都不進到屋裡去。」

我們向他道別，朝屋子走去。酒館老闆在原地等候，或許以爲我們會過門不入吧。派特魯斯逕直走向屋子，敲了敲門，當我回顧周遭，已不見酒館老闆的蹤影了。

一個年約七十歲的女人前來應門。她身旁有一隻體形巨大的黑狗，搖著尾巴，顯然看到有人上門很高興。老婦人問我們要什麼。她說正忙著洗衣服，爐子上還燒著東西。她看起來並沒有因爲我們的造訪而感到驚訝。我猜想大概很多不知道詛咒之事的朝聖者都曾敲過她的門，尋找落腳處。

「我們是往康波史泰拉路上的朝聖者，我們需要一點熱水，」派特魯斯說。「我知道你不會拒絕我們。」

老婦人露出一點不耐的神情開了門。我們走進一間小房間，室內很乾淨，陳設顯得簡陋。房裡有一張沙發，沙發裡的填塞物都露出來了；一具五斗櫃；一張塑膠面桌子和兩把椅凳。五斗櫃上有一個耶穌聖心像、幾名聖者，和一個十字架做成的鏡面。從兩扇門當中的一扇，我可以看到臥室。老婦入帶著派特魯斯穿過另一扇門進到廚房。

「我正在燒開水，」她說。「我給你們找個容器，然後你們就可以走了。」

我獨自留在客廳，和那隻大狗在一起。牠搖著尾巴，溫順而又心滿意足的模樣。老婦拿著一個舊罐子，把水裝滿，遞給派特魯斯。

「拿去吧。帶著天主的祝福走吧。」

但是派特魯斯沒有動。他從背包裡取出一個茶包，放在罐子裡，說爲了感謝她的招待，他願意把他身上僅有的東西與她分享。

老婦這時候很明顯地露出不悅之色，但她還是拿出了兩個杯子，和派特魯斯在桌旁坐下。我一邊聽他們兩人談話，一邊不斷看著那隻狗。

「村子裡的人告訴我，這個房子受了詛咒。」派特魯斯直截了當地說。狗的眼睛似乎一亮，好像聽得懂這句話似。老婦人立刻站起來。

「那是騙人的。是古老的迷信。請把茶喝完，因爲我還有很多事要做。」

狗察覺到老婦人心情突然的轉變。牠身體不動，但已有警覺。派特魯斯繼續他做的事。慢慢把茶倒進杯裡，把杯子舉到唇邊，喝也沒喝一口就放回桌上。

「這眞的很燙，」他說。「我想等它再涼一點。」

老婦未再坐下。看得出來我們在那裡讓她很不自在，顯然她也很後悔打開了門。她注意到我眼睛一直看著那隻狗，便把狗叫回她身邊。狗聽了她的話，但當狗走到她身旁時，仍回頭望著我。

「這是牠為什麼要這麼做的原因，我的朋友，」派特魯斯看著我說。「這就是為什麼你的使者昨天會出現在那男孩身上的原因。」

突然間，我明白我不純粹是盯著狗。我一走進來，這隻狗就把我催眠了，並且使我的眼睛牢牢地定在牠身上。狗盯著我看，並且使我做牠要我做的事情。我開始感到虛弱，像要躺到破沙發上睡著般，外頭眞是好熱，我不太想走路。這些感覺對我而言全都很奇異，我有種落入一個陷阱的感覺。狗繼續直盯著我，牠愈看著我，我就愈覺得疲累。

「我們走吧，」派特魯斯說，他站起來，把茶遞給我。「喝點茶，因為這位女士要我們快動身。」

我猶疑了，但還是接過茶杯，熱茶使我振作起來。我想說些什麼，問這隻狗叫什麼名字，卻說不出來。我體內有什麼東西被喚醒了，是派特魯斯沒有教過我、但是它依然開始顯現。我感到一種無法控制的渴望，想說些奇怪的話，而這些話的意義，我甚至還不明白。我猜派特魯斯在茶裡放了什麼東西。每一樣東西都開始變得模糊，我只微弱地聽到老婦人一再對派特魯斯說我們必須離開。我處在一種充滿幸福感的狀態中，而我決定說出進入我心裡的那些奇異的話語。

屋內我只能看到那隻狗。當我開始說那些奇怪的話時，狗也開始咆哮起來。牠聽懂我說的話。我變得更激動，並繼續地說著，聲音愈來愈大。狗站了起來，齜牙咧嘴。牠不再是我進來時所見的那個溫馴的動物，而是可怕會害人的傢伙，隨時會攻擊我。我知道我的話語正在保護我，所以我開始說得更大聲，並把全副精力集中在那隻狗身上。我感覺到體內有一股不同的力量，可以使那隻動物無法攻擊我。

從那時起，每件事都開始以慢動作發生。我看到老婦人朝我走來，一邊尖叫一邊想把我推出房外。我還看到派特魯斯把老婦人往後推。狗對他們的拉扯毫不在意，只一逕地怒吼齜牙，繼續打量著我。我本想努力去了解自己在說的奇怪語言，但每當一停下來思考，我的力量就會減弱，狗就會開始朝我走來，牠愈來愈壯大。我開始大叫，不想再弄懂一切，而老婦也開始大叫。狗吠叫著，並作勢要咬我，但只要我一直說著話，我就會安然無事。我聽到沙啞的笑聲，不知道是眞有其事，或只是我的想像。

忽然一陣強風掃過屋內，狗狂吠著並撲向我。我舉起手臂保護著臉，大喊了一些話，然後等著看會發生什麼事。

這隻狗用盡全身力氣撲到我身上，使我跌躺在沙發上。有短暫的片刻，我們四目相接，緊盯彼此不放，而下一秒鐘牠就跑出房子了。

我開始歇斯底里地哭了起來。我想到家人、妻子和朋友。我體驗到博大的愛的感覺，同時還有一種荒謬的幸福感，因爲突然間我了解這隻狗的一切。

派特魯斯抓著我的手臂，把我帶到屋外，老婦人這時也在我們身後推著。我四下環顧，沒有那隻狗的蹤影。我抱住派特魯斯，而當我們走在陽光下時，我仍然哭著。

這段旅程的後半段是一片空白，我是到後來在一座噴水池旁才恢復神智的，派特魯斯正把水灑在我臉上和後頸。我向他要點水喝，他說我這時候喝什麼東西都會嘔吐。我有一些噁心，但覺得還滿好。一種對每件事物和每個人的濃烈愛意侵入我整個人。我看著四周，感覺到路旁的樹木、我們曾停駐的小噴水池、清新的微風，以及林中傳出的鳥鳴。我正望見我的天使的面容，一如派特魯斯告訴我的。我問我們距離那老婦人的房子有多遠了，他說我們已經走了大約十五分鐘。

「你或許想知道發生了什麼事。」他說。

其實那對我一點也不重要。我只是對充滿全身的愛感到快樂而已。那狗、那老婦人、酒館老闆，每件事都成爲一個遙遠的記憶，似乎和我此刻所感受的毫無關聯。我告訴派特魯斯，我希望繼續前行，因爲我覺得很舒適。

我起身，於是我們重返往聖狄雅各之路。在下午其餘的時間，我幾乎什麼話也沒說。兀自沉浸在充滿全身的愉快感覺中。我仍然認爲派特魯斯可能放了什麼東西在茶裡，不過這已經不重要了。

當天晚上八點鐘我們到達一家旅館，我仍處在這種幸福狀態中，雖然幸福感減少了些。旅館老闆向我要護照登記，我拿給他。

「你從巴西來？我去過那裡。住在伊潘尼瑪海灘的一座旅館。」

這個荒謬的訊息將我帶回現實。在雅各路線上一座好幾世紀以前建造的城鎮裡，竟然有一位旅店老闆去過伊潘尼瑪海灘。

「我準備好了，」我對派特魯斯說。「我想知道今天發生了什麼事。」

幸福感已經消失。理智回復原位，我對未知的恐懼，以及急於讓自己腳踏實地的需要也重新回來。

「等我們吃過飯後。」派特魯斯說。

派特魯斯請旅館老闆把電視打開，但把聲音關掉。他說這是讓我聽他敘述一切，而不會提出很多問題的最好辦法，因爲我會分心看著電視螢幕。他問我發生的事情還記得多少。我說除了我們走到噴水池的那部分外，其餘的我全記得。

「那部分對整個故事並不重要。」他說。電視螢幕上開始播映一部和煤礦有關的影片。演員穿著本世紀初的服飾。

「昨天，當我感覺到你的使者的緊急之情時，我知道往聖狄雅各之路上，一場戰爭即將展開。你來到這裡是要找到你的劍，並且學習『雷姆』修行。但每次一個嚮導帶領一個朝聖者時，至少會出現一個狀況超出他們所能控制的。這代表一次教學的實際測驗。對你而言，和那隻狗的接觸就是測驗。

「戰鬥的細節和爲什麼在一隻動物身上會出現許多魔鬼的原因，我在以後再作解釋。此刻重要的是你必須明白那名老婦人已經習慣詛咒。她接受它，視爲正常；世人的態度她也覺得無所謂。她學會對自己稀少的所有感到滿足。

「當你驅逐那可憐的老婦人身上的惡魔時，你也破壞了她的宇宙平衡了。前幾天我們談到人們能夠加諸自身的殘酷。經常，當我們想證明生命是美好且慷慨時，這些人就會排斥這個觀念，彷彿這個觀念來自魔鬼。人們不喜歡對生命要求過多，因爲他們害怕會受到挫折。但如果有人想打那美好的仗，那個人就必須把世界看成是個絕妙的寶藏，等待人們的發現及贏取。」

派特魯斯問我，知不知道我在往聖狄雅各之路上要做什麼。

「我在尋找我的劍。」我答道。

「你要劍做什麼？」

「它能帶給我力量和『傳統』的智慧。」

我感到他對我的答覆不甚滿意，不過他繼續說：「你來這裡找尋一把劍。你敢於夢想，你也盡一切可能使你的美夢成眞。你需要對如何運用你的劍有更好的看法，這個看法在我們找到劍之前必須弄清楚才行。不過有一件事是對你有利的：你在尋找一個報酬。你走這趟往聖狄雅各之路，只因爲你想爲你的努力獲得報酬。我注意到你把我教你的每件事都運用到了，你一直在尋找一個實際的結果。這一點是很肯定的。

「唯一欠缺的是，你要學習如何將『雷姆』之道和你自己的直覺結合在一起。你心靈的語言將決定找到劍的最佳方式，並教你如何善用這把劍。如果你不能將這兩者結合一起，那麼那些練習和『雷姆』修行，將只是『傳統』的無用智慧而已。」

派特魯斯從前也以不同方式告訴過我這番話，雖然我同意他的看法，但是我不想聽這些。這次經驗當中有兩個部分是我不了解的，一是我說的那種語言，二是我趕走那隻狗後產生的愛和幸福的感覺。

「幸福感之所以會發生，是因爲你的行爲充滿了神愛。」

「你常常說到神愛，但你從未眞正解釋那是什麼。我的感覺是那和更高形式的愛有關。」

「一點也沒錯。不用多久，你就會體驗到那種強烈的愛了——那種愛會充滿一個人。同時，你要爲知道這份愛已經自由地顯現在你身上而高興。」

「我從前也有過這種感覺，不過時間很短，而且多少有些不同。它總是在職場上勝利、一次成功、或是我覺得幸運之神對我特別眷顧之時發生。但是當這種感覺生起時，我總是會後退；我害怕會感受太強烈——彷彿怕幸福會招致別人的嫉妒，或者我不配。」

「我們所有人在了解神愛之前，都是這樣的。」他說，目光盯著電視螢幕。

我問他，我說的那種奇怪語言的事。

「那也嚇了我一跳。那不是往聖狄雅各之路上的常態，而是一項神的恩賜，並且是『往羅馬之路』上的『雷姆』修行之一。」

我已經聽說一些關於神的恩賜的事，但我還是請派特魯斯解釋給我聽。

「這種是『聖靈』展現在人們身上的天賦，有許多種類：治病的天賦、神蹟的天賦、預言的天賦等等。你體驗到的是語言的天賦，這也是門徒在聖靈降臨時所體驗到的。

「語言的天賦和與聖靈直接溝通有關，運用在強有力的演說、在驅魔——就像你的情況——以及在智慧上。你在路上的日子和『雷姆』的修行，僅將你帶往那隻狗所代表的危險，同時還湊巧造就了語言的天賦。但這情況不會再發生了，除非你找到劍，決定走一趟往羅馬之路。總之這是個好兆頭。」

我看著無聲的電視螢幕。煤礦的故事已經變成一連串男男女女說話和爭執的鏡頭。男女演員不時在接吻。

「還有一件事，」派特魯斯說。「你有可能會再遇到那隻狗。下次不要想喚起語言天賦，因爲它不會再回來了。要相信你的直覺告訴你的話。我要再教你一個『雷姆』的修行，這可以提升你的直覺。用這種修行，你可以開始學會你心靈的祕密語言，而這種語言將使你終身受用不盡。」

我正要開始關心電視劇情時，派特魯斯就把電視關掉了。他走到酒吧要了一瓶礦泉水。我們各喝了一點，他帶著剩下的水走到戶外。

我們體會那清新的空氣，有好一陣子，我們誰也沒有說話。夜很沉靜，天空的銀河再次提醒我，我的目標是要找到我的劍。

過了一段時間，派特魯斯教我「水的練習」。

「我很累，要去睡了，」他說。「現在你就做這個練習。再次喚起你的直覺，你的祕密的那一面。不要擔心邏輯，因爲水是液體元素，它不會輕易讓自己被控制。但是水會一點一點地以和平的方式，在你和你的宇宙之間，建立一個新的關係。」

走進旅館大門之前，他又加上一句：「從一隻狗身上得到幫助，這可不常見噢。」

我繼續享受夜的清新和寂靜。旅館位在鄉間，四周不見人影。我想起旅館老闆曾經去過伊潘尼瑪，他看到我在這種荒涼的地方，被日復一日的酷陽照射，一定覺得很荒謬。

喚起直覺（水的練習）

倒水在平滑而不吸水的表面，形成一小攤水。凝視水中一段時間。然後開始玩水，不要有任何承諾或目的。在上頭隨便畫圖。

●

這個練習要做一個星期，每次至少十分鐘。

●

不要在這個練習中尋求實際的結果，這只是要一點一滴地喚起你的直覺。當直覺開始在一天當中其他時間出現時，要永遠相信它。

我已經很睏了，所以決定立刻去做。我把瓶裡剩下的水倒在水泥地上，於是地面形成了一攤水。我心裡沒有任何圖樣或形狀，我也不想有。手指在涼水中畫圓圈，這時我體驗到一種人盯著火焰看時所產生的催眠感。我什麼也不想，只是在玩——玩一攤水。我在這攤水邊緣畫了些線條，它看起來就像是個濕濕的太陽，但是線條很快又和那攤水混在一起，於是線條消失了。我再用手心去拍打這攤水的中央，水花濺灑開來，將水泥地面鋪滿水滴，像是灰色背景上的黑星星。我完全迷失在這個荒謬的練習當中，這個練習沒有絲毫目的，做起來卻很快活。我感到我的心智幾乎完全停止運作，這種感覺以前只在長時間打坐和放鬆後才會出現。同時，在我身體的最深處、在我心靈都無法達到的地方，有一種力量正在滋生，隨時要顯現出來一般。

我待在那裡好一會兒，玩著這攤水，要停止這個練習還很困難。如果派特魯斯在旅程一開始就教我「水的練習」，我一定會認爲它是浪費時間。但是在說過奇怪的語言、又驅逐了魔鬼之後的現在，這攤水卻建立起我和上方銀河的接觸——不論這個接觸有多麼微弱。它反映出星星，創造出我無法了解的圖形，並給我一種感覺：我並不是在浪費時間，而是創造與世界溝通的新符碼。這是靈魂的密碼——是我們知道卻很少聽到的語言。

當我恢復神智時，時間已經很晚。門口的燈已經熄滅，於是我靜悄悄地走進旅館。回到房裡，我再次召喚艾斯特蘭。他更清楚地出現了，我同他說了一會兒話，關於我的劍和我的人生目標，但他並沒有回答什麼，不過派特魯斯曾告訴我說，只要我持續召喚他，艾斯特蘭就會在我身邊出現，活生生而且充滿力量。

婚姻

洛格羅紐（Logroño）是雅各路線朝聖者走過最大的城市之一。我們經過的唯一稍具規模的城市是潘普羅納（Pamplona），但我們並沒有在那裡過夜。當我們抵達洛格羅紐的那個下午，城裡正準備一場盛大的慶典，派特魯斯建議我們住下來，至少住一晚。

我已經習慣了鄉下的寂靜和自由，因此這個主意並不怎麼吸引我。從狗的事件到現在已經五天了，從那時起我每天晚上都召請艾斯特蘭出現，並且做「水的練習」。我感到非常平靜，也愈來愈感覺到「往聖狄雅各之路」在我生命中的重要性，以及思考朝聖結束後我要做什麼。我們走過的地區像沙漠一樣，食物少有美味，每天在路上長久徒步也很累人，但我正在實現我的夢想。

這些感覺在我們到達洛格羅紐的當天全都消失了。這裡沒有鄉野中溫暖而純淨的空氣，只見一座擠滿了汽車、記者和電視設備的城市。派特魯斯走進我們看到的第一家酒館問發生了什麼事。

「你們不知道?今天是M上校女兒的婚禮，」酒保說。「廣場上即將舉行大型的婚宴，我今天可要提早打烊。」

旅館沒有多餘的房間，我們最後在一對老夫婦家找到住處，因爲他們注意到派特魯斯背包上的貝殼。沖過澡後，我穿上帶著的唯一一條長褲，兩人便前往市區廣場。

幾十個穿著黑西裝的工作人員，正汗涔涔地爲擺滿廣場的餐桌進行最後的修飾。國內電視台的工作人員則拍攝準備過程。我們經過一條通往皇家聖狄雅各教區教堂的馬路，婚禮即將在這裡舉行。

無數衣著光鮮的人們往教堂聚集。女人的妝容在熱天中都糊了，她們穿著白色衣裙的孩子們顯得不耐煩。一部長長的黑色轎車停在大門前，爆竹煙火在我們頭上爆開。是新郎來到了。教堂裡沒有我和派特魯斯容身之處，於是我們決定回到廣場。

派特魯斯想去四處探看，可我想坐在長椅上，等待婚禮結束、婚宴開始。附近有個賣爆米花的小販，正等著人群從教堂出來，希望能有額外的生意。

「你是被邀請的客人嗎?」他問我。

「不是，」我回答。「我們是前往康波史泰拉的朝聖者。」

「馬德里有火車直達那裡，如果你星期五去，還可以免費住宿旅館。」

「是的，不過我們是要朝聖。」

小販看著我，尊敬地說：「朝聖的是聖人賢士。」

我決定不再深入討論這個話題。他說他的女兒已經結婚，不過現和丈夫分居。

「在佛朗哥時代，人們還比較重視家庭，」他說。「如今沒有人在乎了。」

我身處異國，且談論政治從來就不是上策，但似乎不能毫無回應。我說佛朗哥是個獨裁者，他統治期間不會有任何事比現在更好。

小販的臉變紅了。

「你以為你是誰，竟敢這麼說？」

「我知道這個國家的歷史。我知道這裡的人民為爭取自由所打的仗。我看過報導，講到西班牙內戰時佛朗哥的軍隊所犯的罪行。」

「咦，我也打過那場戰爭。當我家人的鮮血濺灑出來的時候我也在場。你看過的任何報導都引不起我一點興趣；我只關心我家人發生的事。我也打過佛朗哥，但是當他打贏了之後，生活對我而言卻更好。我現在不是乞丐，我有個小小的爆米花攤子。幫助我的不是現在這個社會主義政府。我現在過得比以前更差。」

我想到派特魯斯說人們會爲了他們所擁有的極少東西而感到滿足。於是我不再堅持己見，坐到另一張椅子上。

派特魯斯回來後，我告訴他我和賣爆米花小販之間的對話。

「對話是很有用的，」他說，「當人們想要說服自己、認定自己的話是對的時候。我自己是義大利共產黨黨員，但是我卻不知道你這種法西斯的一面。」

「你是什麼意思，法西斯的一面？」我氣憤地問他。

「呃，你幫助那個賣爆米花的人相信佛朗哥很好。也許他原本也不知道爲什麼。現在他知道了。」

「知道義共相信聖靈所賜的恩寵，我也同樣驚訝。」

「啊，我必須注意鄰居們的想法。」他笑著說。

煙火再度放起來，這時樂師們都站到音樂台上，開始爲樂器調音。慶典即將開始。我仰首天空，天色轉暗，星星們開始出現。派特魯斯走到一個侍者那裡，端回兩只裝滿葡萄酒的塑膠杯。

「宴會開始前先喝杯酒，就會有好運氣。」他說，並遞給我一個杯子。「喝一點。它可以幫助你忘掉那個賣爆米花的人。」

「我甚至連想也沒有想他了。」

「噢，你應該去想的。因爲發生在他身上的事是一個錯誤行爲的例子。我們總是想要改變別人的信仰，要他們相信我們自己對宇宙的解釋。我們認爲和我們同樣想法的人愈多，我們相信的事就愈可能是眞理。但事實並非如此。

「看看四周。這一場大型的婚宴正要開始。這是一場慶祝會。同時慶祝許多不同的事：父親歡喜女兒出嫁的希望、女兒想要結婚的願望、新郎的夢想等。這是好事，因爲他們相信他們的夢想，並且希望向每個人證明他們已經達到目標。舉行這個宴會不是要說服任何人相信什麼事，所以會很好玩。從看見到的一切而言，他們是打了一場美好的愛情戰爭的人。

「可是你引導我走上往聖狄雅各之路，派特魯斯，不就是想要說服我，使我相信。」

他投給我一個冷冷的眼光。

「我只教你『雷姆』的修行。只有當你發現這條路和眞理、生命都在你的心中後，你才能找到你的劍。」

派特魯斯指向天空，這時星星已經清晰可見。

「世上沒有一種宗教能夠把所有的星星聚攏，因爲如果這種情形發生，宇宙就會成爲一個巨大而空蕩的空間，失去存在的理由。每一顆星星和每一個人，都有自己的空間和各自的特點。天上有綠色的星、黃色的星、藍色的星和白色的星；還有彗星、隕石和流星，星雲和星環。從地上看去像是一大堆彼此相似的星體，實際上卻是百萬個以上不同的個體，散布在一個超出人類所能理解的空間。」

一根煙火火箭爆炸開來，一時間光亮充滿整個天空。燦爛的綠色線條如雨點般落到地面。

「先前因爲天很亮的關係，我們只聽到它們的聲音。現在我們可以看到它們的光了，」派特魯斯說。「這是人們所渴望的唯一的改變。」

新娘從教堂走出來，人群高喊並且拋出手中的米。新娘很瘦，約十六歲左右，一手挽著一個穿西服的男孩的手臂。賓客也出現了，並朝廣場開始移動。

「看，上校在那裡……唉，你看新娘的禮服。好漂亮呀！」旁邊一些男孩說。客人在餐桌旁入座，侍者倒酒，樂隊開始奏起音樂。賣爆米花的小販被一群叫嚷的男孩包圍，男孩買完東西，把空袋子往地上亂扔。我想對於洛格羅紐的鎮民來說，至少今天晚上世界上的其他地方、和那些核戰威脅、失業問題和兇殺案，是不存在的。這是個歡慶之夜，餐桌擺放在廣場上供人們使用，人人都自覺重要。

一隊電視工作人員朝我們走來，派特魯斯把臉避開。不過這些人經過我們身旁，朝一位坐得離我們很近的客人走去。我立刻認出他是誰了：一九八六年墨西哥世界盃足球賽時，帶領西班牙球迷加油打氣的安東尼歐。訪問結束後，我走過去告訴他說我是巴西人。他故意裝出生氣的樣子，抱怨西班牙在世界盃開幕賽時，明明可以得一分卻被搶走了。①

但隨後他還是給了我一個擁抱，並說巴西很快就會再有全世界最好的球員了。

「當你總是背對球場，在球迷面前激勵他們時，你怎麼能看到比賽？」我問。在世界盃足球賽的電視轉播當中，我一次又一次注意到這個情景。

「這就能讓我心滿意足了：幫助球迷相信他們必然會得勝。」

爾後，彷彿他也是往聖狄雅各之路的嚮導，他說，「沒有信心的球迷，會使一支已經贏球的隊伍輸了比賽。」

這時安東尼歐被另外一群想訪問他的人圍住，但我卻站在原地思索他的話。即使他從未走過聖狄雅各之路，他依然知道打那美好的仗是怎麼一回事。

我發現派特魯斯躲在樹後，顯然他對電視攝影機的出現十分不自在。直到攝影機的燈關掉，他才從樹後出現，輕鬆了些。我們又要了兩杯酒，我專心對付一盤開胃點心，派特魯斯則找了張桌子，讓我們能和其他客人一起歡笑。

這對新人正在切一個好大的結婚蛋糕。眾人歡呼叫好。

「他們一定深愛彼此。」我說。

「當然是嘍，」一位和我們坐在一起、穿黑西裝的男人說。「你聽過什麼人是因爲別的理由結婚的嗎？」

我記起派特魯斯說的關於爆米花小販的話，於是沒接話，可是我的嚮導卻不放過。

「你說的愛是哪一種：情愛（eros）、友愛（philos），或是神愛（agape）？」

那人茫然地望著他。派特魯斯站起來，把杯中的酒倒滿，要我陪他一起走走。

「希臘文裡有三個代表愛的字，」他開始說。「今天你看到的是情愛的顯示，也是兩個人之間的愛。」

新郎和新娘笑著讓攝影師拍照，並接受眾人的道賀。

「看起來這兩個人是眞心愛著對方，」他看著這對新人說。「並且他們相信這份愛會成長。但是很快的，他們兩人就只剩下孤單，努力奮鬥想要討生活、成立一個家庭，分享彼此的冒險。這是使愛高貴的事。他會在軍中服役；她也許是個廚藝精巧的女人，也會是個絕佳的家庭主婦，因爲她從小就被訓練扮好這個角色。她會是他的好伴侶，兩個人生下孩子後，感覺到彼此共同建立一樣東西。他們將是在打一場美好的仗。所以就算有問題，他們也絕不會眞的不快樂。

「然而我所說的這個故事也可能走上不同的方向。男人可能開始覺得他不夠自由，無法表現他所有的情愛、他所有給其他女人的愛。女人可能開始覺得她爲了和丈夫在一起而放棄美好的事業。所以兩人非但沒有在一起建立什麼，反而各自認爲被剝奪一項表達愛的工具。而將彼此結合在一起的情愛，往負面發展。天主給予人類的一種最高貴的感情，也就淪爲仇恨和毀滅的來源。」

我看看四周。情愛出現在許多種關係中。「水的練習」喚醒了我心靈的語言，使我以不同的方式看待人們。或許是因爲在路上的孤單日子，或許是「雷姆」練習，如今我能夠感受到好的情愛和壞的情愛的出現，正如同派特魯斯所描述。

「說來也奇怪，」派特魯斯略有同感地說道。「不論是好是壞，情愛的臉孔在任何兩個人看來都絕不會是相同的，就像我半小時前提到的那些星星。而且沒有一個人能夠逃脫情愛，每個人都需要它的出現，雖然情愛常會使我們有種與世隔絕、深陷孤單的感覺。」

樂隊開始演奏一首華爾滋舞曲。賓客紛紛走到音樂台前方一方小水泥地跳起舞來。酒精的效力開始發揮，賓客的汗水愈流愈多，也笑得愈來愈起勁。我注意到一個穿藍衣服的女孩，她的神情看起來好像等候這場婚禮，只爲了有機會跳華爾滋——她想和某個人跳舞，而那個人會以她從少女時就夢想的方式擁著她。她注視著一個穿白西裝、衣著考究的男孩，男孩站在朋友當中，他們正在聊天，沒有注意到華爾滋已經開始，也沒有發現一個藍衣女郎，就在幾碼外，以渴望的神情注視著他們當中的一個。

我想到小鎮，以及和某個人從小便夢想著結婚這種事。

藍衣女郎發現我在看她，便想躲在她的女伴當中。這麼一來，男孩也用他的雙眼搜尋著她。當他看到她和朋友在一起後，他又重回自己那群人的談話中。

我將那兩個人指給派特魯斯看。他看了一會兒兩人的目光遊戲，又喝起他那杯酒來。

「他們的行爲看起來好像示愛是件羞恥的事。」他只說了這麼一句。

附近一個女孩盯著我和派特魯斯，她必定只有我們一半的年紀。派特魯斯舉起酒杯，朝她的方向敬了個酒。女孩害羞地笑起來，並且指指她父母親，彷彿在解釋她沒有走近的原因。

「這是情愛美的一面，」派特魯斯說。「使人膽敢一試的愛，這種愛也可以獻給兩個不知從何而來且隔天就要離去、前往一個她也嚮往的世界的陌生中年人。」

我可以從他的聲音中，聽出酒精已經在他身上奏效。

「今天我們來談一談愛！」我的嚮導說，聲音有一點大。「我們來談談眞愛，眞愛會一直成長，並且使世界運轉，使人們明智！」

我們附近有個衣著講究的女人，似乎對整個宴會毫不在意。她從一張桌子走到另一張桌子旁邊，把杯子、瓷器和銀器安排整理妥善。

「看到那邊那個女人嗎？」派特魯斯問。「就是在整理東西的那個？哎，就像我說的，情愛有多種面孔，那是另一張面孔。那是受到挫折的愛，有它自己的不快樂。她會去親吻新郎、新娘，但是內心她會說他倆已經因爲結婚而被糾纏在一起了。她想把世界弄得整齊俐落，是因爲她自己處於全然的混亂當中。而那裡——」他指向另一對夫婦，妻子濃妝艷抹，梳了個奇巧的髮型。「——也是公認的情愛。社交的愛，毫無熱情的痕跡。她已經接受她的角色，而切斷與世界或那美好的仗的任何關連。」

「你太刻薄了，派特魯斯。難道這裡沒有一個人可以得救嗎？」

「當然有。那個注視我們的女孩、那些跳舞的年輕男女——他們只知道美好的情愛。如果他們不讓自己被綑綁了上一代的虛僞的愛所影響，這世界當然會是一個不同的地方。」

他指著一對坐在一張桌旁的老夫妻。

「還有他們。他們沒有讓自己像其他人一樣受到虛僞影響。他們看起來像是工人。飢餓和需求使他們必須一起工作。他們連聽都沒聽過『雷姆』的修行就已經學會了。他們在工作中發現愛的力量。在這裡情愛顯現最美麗的面容，因爲它和友愛的面容結合在一起。」

「友愛又是什麼？」

「友愛是友誼形式的愛。是我對你和其他人所感受到的情感。當情愛的火焰不再燃燒時，是友愛將一對男女連繫在一起的。」

「那神愛呢？」

「今天不是討論神愛的時候。神愛在情愛中，也在友愛中——不過那只是一種說法。我們盡情享受後半場的宴會，不要再談那費人心思的愛吧。」於是派特魯斯又倒了一些酒到他的塑膠杯裡。

四周的歡樂具有傳染性，派特魯斯喝醉了。起初我有一點驚訝，但我記起來，有一天下午他說的話，他說「雷姆」修行只有平常人都能夠去做時，才具有意義。

這天晚上，派特魯斯似乎和任何人一樣。他很隨和、友善，會去拍人家的背，又和任何注意到他的人聊天。又過了一會兒，他實在醉得可以了，我只好扶他回旅館。

回旅程的路上，我檢視一下目前的狀況：我正在爲我的嚮導帶路呢！我明白在這整段旅程中，派特魯斯從未想要顯得比我更有智慧、更神聖或是強過我。他所做的只是將他進行「雷姆」修行時的經驗傳遞給我。除此之外，他很明白地表示了他也和別人一樣——也能體驗到情愛、友愛和神愛等情感。

這種了解使我感覺更強壯。派特魯斯只是往聖狄雅各之路上的另一位朝聖者罷了。

①在墨西哥世界盃足球賽一場西班牙和巴西的比賽中，西班牙隊得到的一分被判決無效，因爲裁判沒有看到球是先踢到球分線再彈到線外。最後巴西以一比〇贏得球賽。

熱誠

「我若能說萬人的方言，並天使的話語……我若有先知講道之能……而且有全備的信，叫我能夠移山，卻沒有愛，我就算不得什麼。」

派特魯斯又在引用聖徒保羅的話了。我的嚮導認爲使徒保羅是基督訊息的主要玄祕解說者。走了一個早上之後，這天下午我們去釣魚。現在還沒有魚上鉤，不過派特魯斯倒是一點也不擔心。照他的看法，釣魚基本上是人與世界之間關係的象徵：我們知道自己爲什麼要釣魚，如果我們一直守在那裡，也一定會釣到什麼，但是釣得到或是釣不到，端賴天主的幫助。

「在做出生命重要的決定之前，來點輕鬆的事總是不錯。」他說。「禪師是傾聽石頭的成長。我則比較喜歡釣魚。」

但是一天當中的此刻，由於天氣炎熱之故，河底那些肥胖而懶惰的魚根本不理會魚鉤。不管魚餌在上方或下方，結果都是一樣。我決定放棄，到附近的森林散步。我一直走到靠近河邊一座廢棄的古老公墓，再返回派特魯斯釣魚之處；公墓的大門和墓地完全不成比例。我問起公墓的事。

「那個大門是一所古代朝聖者醫院的一部分，」他說。「但是醫院廢棄了，後來有人就想利用它的正面建造一座墓園。」

「連墓園也荒廢了。」

「沒錯。生命中沒有一件事能夠長久。」

我說他昨晚在宴會上評斷他人，實在刻薄，他對我感到很訝異。他說我們所談論的並非是個人生活中的確實經歷。我們所有人都在尋找情愛，而當情愛本身想要轉爲友愛時，我們就會認爲愛變得一文不值了。但我們卻無法看出，是友愛將我們引領到愛的最高形式——神愛。

「再告訴我一些神愛的事吧。」我說。

派特魯斯回答說神愛不能拿來討論，而是要讓人生活在其中。這天下午如果可能的話，他會讓我看到神愛的眾多面容之一。但是要讓這事發生，就像釣魚一樣，宇宙必須配合，使一切順利。

「使者會幫助你，但是有一件事卻超出使者的控制，超出他的願望，也超越你。」

「那是什麼？」

「神的火花，也就是我們說的運氣。」

太陽開始西沉，我們繼續趕路。雅各路線經過一些葡萄園和田野，這些地方在一天當中的這個時分，是完全杳無人煙的。我們穿過大路——也是荒涼已極——再次進入森林。我可以看到遠方的聖羅倫佐峰，那是卡斯提爾王國的最高峰。自從我第一次在聖祥庇德波特附近遇見派特魯斯到現在，我已經改變許多。原本讓我一直擔心的巴西和生意，如今幾乎從我腦海中消失。對我來說，現下唯一重要的事是我的目標。我每天晚上都和艾斯特蘭討論，他已變得愈來愈清楚了，任何時候只要我肯嘗試，我都能夠看見他，就坐在我旁邊。我知道他的右眼會緊張地抽搐，而且他有個習慣，每當我重複一些事以證明我了解他所說的話時，他都會露出不屑的笑容。幾個星期前，也就是在朝聖的最初幾天，我很害怕我永遠無法走完。當我們走過隆賽凡爾時，我對和此趟旅程有關的每件事都不抱希望。只想立刻到聖狄雅各，拿回我的劍，再回去打那派特魯斯所謂的美好的仗①。但在此刻，在我與文明的連繫全被切斷的情況下，最重要的事是我頂上的太陽，以及即將可能體驗到的神愛。

我們走下一條已經乾涸的河流岸邊，穿越乾河床，再努力從另一端爬上去。這裡必定曾有一條相當壯觀的河流流經過，沖刷著河底，搜索大地的深處和祕密。如今河床乾涸得可以步行跨過。不過這條河所創造出來的溪谷卻依然存在，而且要從下面爬上來還得費不少工夫。「世間沒有什麼事能夠長久。」派特魯斯在幾小時前曾說過。

「派特魯斯，你戀愛過嗎？」

這個問題很自然地問出，我也被自己的勇氣嚇了一跳。到目前爲止，我只知道我的嚮導私生活的約略概況。

「我認識很多女人，如果你是要問這個的話。我也眞的愛過她們每一個人。但是讓我體驗到神愛的只有兩個人。」

我告訴他，我曾經戀愛多次，但是卻很憂慮我能不能和任何一個人談一場認眞的戀愛。如果我一直這樣下去，可能會孤單終生，而我一直害怕結果如此。

「我想你不只是把愛情當成度過安閒退休生活的一樣工具。」

幾乎到九點，天才黑下來。葡萄園已在我們身後，我們正走在一片荒蕪的地區。我四下看了看，遠處山石間有一間小小的隱蔽處所，和我們朝聖途中所經過的其他隱士居所類似。我們繼續走了一段時間，然後離開黃色的記號，走近那間小小的房舍。

到一定的近距離時，派特魯斯叫著一個我聽不懂的名字，然後他停下來聽有沒有回音。什麼聲音也沒有。派特魯斯又叫了一聲，還是無人回應。

「我們還是進去。」他說。於是我們往前。

小屋只有四面白色粉牆。門是開著的——或者說這幢房子根本沒有門，只是一扇半公尺高的小推門，靠著一邊的樞紐顫危危地懸掛著。房內有一座石頭做成的壁爐和幾個堆疊在地的盆子。其中兩個盆子裝著麥子和馬鈴薯。

我們在寂靜中坐下。派特魯斯點燃一根菸，說我們應該等一等。我的雙腿痠疼，但這間小屋的某種東西不但不能使我平靜，反而讓我激動不已。如果派特魯斯不在這裡，我可能也會有點害怕。

「住在這裡，要睡在什麼地方？」我問，只爲了打破令人不安的寂靜。

「那裡，就是你坐著的地方。」派特魯斯指著光禿禿的地面。我說了些要坐到其他地方的話，但他要我待在原地。氣溫一定在下降，因爲我開始感到涼意了。

我們等了將近一個小時。派特魯斯又喊了幾次那個奇怪的名字，然後他放棄了。就在我以爲我們要起身離開時，他開始說話了。

「這裡出現過兩種神愛顯現的其中一種，」他按熄第二根菸時說。「這不是唯一的，卻是最純淨的。神愛是全然的愛，充滿體驗者的全身。任何知道神愛並且體驗過它的人都會知道，世界上沒有別的東西比此更重要了——除了愛。這是耶穌對人類的慈愛，由於它太偉大了，所以連星星都動搖了，連歷史也改變了。他獨自一人的生命卻能使他完成所有國王、軍隊和每一個帝國無法做到的事。

「在基督教文明的第一千年間，許多人都被這種滿溢的愛包圍。他們想要給予別人的太多了，而他們的世界對他們的要求又太少，所以他們就四散到沙漠和荒郊地區，因爲他們感受到的愛太偉大，使他們都改變了。於是他們就成爲今天我們所知道的隱者聖人。

「對你我這種體驗到特別神愛形式的人而言，也許這一世的生命看起來有點糟。但那種會充滿的愛卻使其他一切——絕對是一切事物——都失去了重要性。這些人活著，只是讓自己充滿這種愛。」

派特魯斯說有個名叫阿豐索的僧侶住在這裡。派特魯斯在第一次往康波史泰拉朝聖的途中遇見他，當時他正在摘水果吃。他的嚮導是阿豐索的朋友，那個嚮導是個比他更通情達理的人，他們三人曾一起進行過「神愛儀式」，也就是「藍色球體練習」。派特魯斯說那是他生命中最重要的經驗之一，即使今天他在做這個練習時，都還會想起這間小屋和阿豐索。他語氣中帶著的情感，是我從未聽過的。

「神愛是讓人充滿的愛，」他又說了一遍，好像這句話是這種奇異的愛的最佳定義。「馬丁．路德．金恩曾說過，當基督說要愛你的敵人時，祂指的就是神愛。因爲據他所說：『喜歡我們的敵人是不可能的事，那些人對我們殘忍無情，想使我們每天的苦難更爲加劇』。但是神愛不只是喜歡。那是一種充盈的感覺，充滿我們體內各個空間，而使我們的敵意灰飛煙滅。

「你已經學會如何重生、如何停止對自己殘酷，以及如何和你的使者溝通。但是從現在起你做的每件事，和你從往聖狄雅各之路上所帶回的每一種好的結果，都只有在你體驗過那種充滿的愛之後，才會具有意義。」

我提醒派特魯斯說，他說過神愛有兩種，那麼他可能並沒有體驗過第一種神愛，因爲他不曾當過隱士。

「你說的沒錯。你我和大多數走這趟往聖狄雅各之路、學習『雷姆』修行的朝聖者一樣，都只體驗過神愛的其中一種形式：熱誠。

「對古代人而言，熱誠代表恍惚或出神——這是一種和天主的連繫。熱誠是針對某種理念或特別事物的一種神愛。我們都體驗過它。當我們去愛事物，並打從心底相信，我們就會感覺自己比世界上任何人都要強，我們也會感覺到寧靜與祥和，這種祥和是基於我們認定世界上沒有任何事物能夠動搖我們的信仰。這種非凡的力量會使我們在正確時間做出正確的決定，而當我們達到目標時，我們就會對自己的能力感到訝異和讚歎。因爲當我們在打那美好的仗時，沒有別的事更重要了；熱誠將帶領我們前往目標。

「熱誠通常在我們生命的早年全力展現。那時我們和神性仍有強烈的連繫，我們會全心全意地玩耍，認爲洋娃娃是有生命的，玩具錫兵也眞的會前進。當耶穌說天主屬於孩童時，祂所指的就是以熱誠形式展現的神愛。兒童能夠吸引祂，不是因爲他們能明白祂的奇蹟、祂的智慧，或是祂的法利賽人和門徒。他們是受到熱誠的感動，而在喜樂中迎向祂。」

我告訴派特魯斯說，就在這天下午我才發現我已完全沉浸在往聖狄雅各之路上。在西班牙的這些個日子幾乎使我忘記我的劍，而這眞是很獨特的經驗。大多數其他的事都不再重要了。

「今天下午我們想要釣魚，魚卻不上鉤，」派特魯斯說。「通常我們從事這種俗事，這種整總體而言對我們的存在毫無意義的事情時，我們會讓熱誠離我們遠去。我們在打美好的仗時，因一些無法避免的小小挫敗而失去熱誠。由於我們不明白熱誠是一種主要的力量，能夠幫助我們贏得最終的勝利，我們就讓它從指間流去；我們並不知道我們正讓生命的眞正意義遠離而去。我們將自己的厭煩、無聊和失敗怪罪這個世界，卻忘記是我們自己讓這種迷人的力量、這種使一切事物有了理由的力量消失了——這力量就是以熱誠形式顯現的神愛。」

我記起近河的那座墓園。那個奇特且大得出奇的大門，就是所喪失事物的最完美代表。而在那大門的後方，只有死者。

派特魯斯好像猜到我心意，他開始談起類似的事。

「前幾天，你一定很驚訝，我怎麼會對那個把咖啡灑在我短褲的可憐侍者那麼生氣——我的短褲其實早已沾滿了路上的灰塵，髒得可以。其實我當時是很著急，因爲我從那男孩的眼中看到他的熱誠已經一點一滴地在消逝，就像手腕被刀子割到後，鮮血淌出一般。我眼看著那男孩明明壯碩又充滿生氣，卻因爲體內的神愛不時地消逝，而開始死去。我世面見多了，這種事情我也能看開，但那個孩子，加上他表現的態度，和我認爲他原本可以帶給人們諸多善事，使我驚嘆又哀傷。而我知道我的憤怒將使他有一點受傷，並遏止神愛的死亡。

「同樣的心境，當你在驅逐那老婦人的狗身上的魔鬼時，你也感受到最純淨形式的神愛。那是一項高貴的行爲，使我在此能身爲你的嚮導而感到驕傲。因此，在我們這趟行程裡，頭一次我和你一起做練習。」

於是派特魯斯教導我「神愛儀式」，也就是「藍色球體練習」。

「我要幫助你喚起你的熱誠，創造一種力量，這種力量會擴展開來，像一顆藍色的球，把整個星球包圍住，」他說，「以示我對你的尊敬，以及你的善行。」

截至目前爲止，派特魯斯從未對我做練習的方式表達過任何意見，不論是好或壞。他爲我解釋我與使者的初次接觸，又在「種子練習」的恍惚中拯救我出來，但是他從未表現過對我所達成的結果有任何興趣的樣子。我不只一次問過他爲什麼不想知道我的感覺，他都回答他是我的嚮導，唯一的責任就是帶路，並教導我「雷姆」之道。至於我喜歡這些結果或是覺得不快，完全要取決於我。

當他說要參與我的練習時，我突然覺得自己配不上他的讚美。我知道自己的錯處，而且數度懷疑他能不能成功地導引我走在這條路上。我想把這些全告訴他，不過我還沒開始，他就打斷了我的念頭。

「不要對自己殘酷，否則你就沒有學會我以前教給你的那些道理了。要仁慈。接受你應得的讚美。」

淚水湧上我的眼眶。派特魯斯領我到屋外。夜色比平常更暗。我在他身旁坐下，我們開始唱起歌來。歌曲旋律來自我的內心，他也毫不費力地爲我和音。我開始輕輕拍手，身體前後搖晃著。我拍手的力氣愈來愈強，歌曲從我口中流瀉而出，這是一首對天空的晦暗、荒廢的高原和我們四周無生命的石頭等等的讚美詩。我開始看見我小時候深信的各種聖人，也可以感覺到我的生命曾因我扼殺過許多的神愛而消逝。但此刻那使人充滿的愛再次重返，那些聖人在天國微笑著，他們的神情和懇切一如我幼時所見一般。

我張開雙臂，好讓神愛流動，這時一陣神祕的亮藍光流開始流遍我的全身，洗滌我的靈魂，並寬恕我的罪過。這光又散布到四周，接著將世界籠罩，我開始哭泣。我哭泣是因爲我再次體驗到童年時期的熱誠：我再度成爲一個孩子，世界上沒有一樣東西能夠傷害我。我感覺到有樣東西靠近，坐在我右邊。我猜想那是我的使者，而他是唯一能夠察覺那道進入我體內、而又離開我身體、遍布全世界強烈藍光的人。

藍色球體練習

舒適且輕鬆地坐著。盡量什麼都不想。

1. 先感受一下活著是件多麼美好的事。讓你的心有自由自在的感覺，並充滿感情；讓它提升起來，超越使你煩惱的那些問題的枝微末節。輕輕唱起一首小時候的歌。想像你的心在長大，讓一道強烈的亮藍光充塞著房間——待會兒還會充塞你的家。

2.這時，開始感受你幼時深信的聖人（或其他神祇）的出現。注意到他們由各處前來，笑著給予你信仰和信心。

3.想像聖人們走近你，將他們的雙手放在你的頭上，祝福你擁有愛、和平，以及與世界的交流——與聖者的交流。

4.當這種感覺變強後，感受那道藍光像是一條閃亮而流動的河流進入你的身體，再離開你的身體。這陣藍光開始瀰漫你的房子，然後是你住家的附近，接著是你的城市、國家，最後它以一個巨大的藍色球體整個包裹住這個世界。這是超越日常爭執的大愛的顯現；它會帶給人力量和平靜，可以使人堅強，獲得激勵。

5.盡可能讓這陣光芒散布在世界上的時間持久些。你的心也是敞開的，正散布著愛。這個階段至少應該持續五分鐘。

6.逐漸從恍惚中回復，重返現實。聖者們仍然會在你附近。而藍光會繼續散布在世界上。

這個儀式可以由一個以上的人共同進行，而且應該如此。參加者在做這個練習時應該手牽著手。

●

光的強度正在增加，我感覺到當它包裹住世界時，它也滲入每一扇門和每一條巷子，碰觸每一個人，至少一個短暫的片刻。

我感覺到雙手被人打開，伸向天空。在這一刻，藍光的流動增強，強烈到我覺得自己要昏過去一般。不過我仍然能夠使光線再持續一陣，直到我唱的歌已近尾聲。

我全身疲累已極，卻十分輕鬆；對於生命和我剛才所做的一切，感到自由自在且十分滿意。握著我的雙手放開了。我看見其中一隻手是派特魯斯的手，我心裡知道另一隻手是誰的。

我張開眼睛，站在我旁邊的是那名僧侶，阿豐索。他笑著說：「晚安。」我也笑了，並且抓住他的手，緊緊按在我的胸前。他任由我如此，一會兒再輕輕抽回。

我們誰都沒有開口。過了一段時間以後，阿豐索站起來繼續他在崎嶇高原上的漫步。我看著他離去，直到他完全隱入夜色中。

而後派特魯斯打破沉靜，不過他沒有提到阿豐索。

「盡量隨時做這種練習，很快的，神愛就會在你體內活躍起來。在你展開任何計畫前、在任何旅行的前幾天，或是你遇到一件影響你很深的事情時，重複進行這個練習。如果可能的話，和一個你喜歡的人一起進行。這是個應該和人分享的練習。」

那個老派特魯斯又回來了：是教練，是講師，是嚮導，是個我所知甚微的人。他在隱者小屋裡流露的情感已經消逝。但是當他在練習時碰觸到我的手之際，我已感覺到他靈魂的偉大了。

我們回到放置行李的隱者小屋。

「屋主今天不會回來了，所以我想我們可以睡在這裡。」派特魯斯說著說，隨即躺下。我攤開睡袋，喝了一口酒也躺了下來。我被那充滿的愛弄得疲倦不堪，不過這種疲累並不會教人緊張。閉上眼睛之前，我想到那個坐在我旁邊，祝我晚安、留著鬍子的纖瘦僧侶。他在遠方某處也被神聖的火焰所充滿。也許這就是這個夜晚，何以暗得不尋常的之故吧——他把全世界的光都帶進了自己的身體。

①後來我發現這個詞其實是聖保羅說的。

死亡

「你們是朝聖者嗎？」爲我們提供早餐的老婦人問。我們正在阿索法拉，這是一座有許多小房子的村鎮，每一間房屋的正面都有個中世紀盾牌的浮雕。不久前，我們才在鎮上噴水池邊把水壺裝滿。

我說是的。老婦人的眼中閃現敬意和驕傲。

「當我還是個小女孩時，每天至少會有一個朝聖者經過這裡，前往康波史泰拉。大戰和佛朗哥時代之後，我不知道出了什麼事，朝聖之旅停止了。一定是有人蓋了一條公路。現代的人只願意開車旅行了。」

派特魯斯一言不發。他起床時心情很差。我點頭，表示同意老婦人的看法，並想像著有一條新鋪設的高速公路，公路在高山攀升，在谷間穿越，而路上汽車的引擎蓋上漆著海扇殼的圖樣，各修道院大門口還開著紀念品商店。我喝完咖啡，吃完沾橄欖油的麵包。看著艾梅希．皮考的指南手冊，我估計當天下午應該可以到達卡薩達的聖多明哥，而我打算要住在「國家旅館」①。

即使現在我每天吃三餐，所花的錢仍比計畫中的少很多。我該好好奢侈一下了，讓我的身體也能獲得我給腸胃的相同待遇。

起床時我就有一種奇異的感覺，覺得自己很匆忙，並且希望已經置身在聖多明哥。兩天前當我們走到那座隱者小屋時，我也有過同樣的感覺。派特魯斯比平日更憂鬱、更沉默，這不會是我們兩天前和阿豐索見面的結果？我感受到一股強烈的需求，召喚艾斯特蘭討論一番的感覺。只是我從未在早上召喚他，我不太確定能不能這樣。於是我決定放棄。

我們喝完咖啡，開始上路，經過一幢有盾形紋飾的中古房屋、一間古代朝聖者旅店的遺址，以及小鎮郊外的一座公園。當我再次準備走向郊區時，有一種強烈的感覺左邊有什麼東西會出現。我繼續走著，但是派特魯斯制止我。

「逃避是沒有用的，」他說。「停下來，面對它。」

我想離開派特魯斯，繼續走下去。此刻我感到很不愉快，腹部有一股絞痛感。有一段時間，我想讓自己相信，那是因爲沾橄欖油的麵包所引起，但我知道那天一開始我就感覺到，我無法自欺。那是一種緊張——緊張加上恐懼。

「看你身後。」派特魯斯的聲音中帶著緊急的意味。「快看，否則就來不及了！」

我立刻轉身。左邊是一座廢棄的房子，旁邊的植物都被太陽曬得焦枯。一株橄欖樹歪扭的樹枝伸向天際。在樹和房子中間，一隻狗直直盯著我。

是一隻黑狗，和我幾天前從老婦人房裡趕出去的狗一樣。

我完全忘記派特魯斯，只定定地注視這隻狗的眼睛。內心有個聲音——或許是艾斯特蘭，或者是我的守護神——告訴我如果我轉移目光，這隻狗就會攻擊我。我們繼續這種姿勢互瞪了一段時間。我心想，體驗過充滿身心的神妙之愛後，此刻的我，卻要再次面對世界上永遠存在且頻繁不斷的威脅。我猜臆這動物爲何要跟蹤我這麼長一段距離，以及牠的目的何在，畢竟我只是個在尋找我的劍的朝聖者，對於人或動物的問題，既不想知道也沒什麼耐心。我想用眼神對牠說明這一切，我想起在修院內那些僧侶都是用眼神溝通，但是狗卻不爲所動。牠依然不帶感情地瞪著我，牠看起來像是只要我稍一分神或露出懼容就上前攻擊的樣子。

恐懼！我可以感覺到我的恐懼已經消散。我在想這場面太愚蠢了，根本不會教人恐懼。我的胃像打了結似，直想嘔吐，但是我並不害怕。如果我害怕，我的眼神就會洩露出來，這隻動物就會像從前一樣想擊倒我。即使我感覺到一個人影，經過我右邊一條窄路走向我，我還是不想移開目光。

人影稍停一下，然後直接走向我們。穿過我，盯著狗的視線，然後以女人的聲音說了些我聽不懂的話。其來意很好——友善且安定。

就在這個人影通過我視線的千百分之一秒當中，我的胃部變輕鬆了。感覺到我有個力量強大的朋友，來幫助我脫離這荒謬且沒必要的衝突。人影走過後，狗也垂下目光。然後牠一躍而起，跑到廢棄房屋的後面，從視線中消失。

這時，我的心才開始反應。心怦怦跳個不停，使我感到頭暈目眩，像要昏過去一樣。當四周天旋地轉之際，我看著幾分鐘前我和派特魯斯才走過的路上，想尋找給予我力量打敗狗的那個身影。那是個修女。她正背對我，朝阿索法拉走去。我無法看見她的臉孔，但是我記得她的聲音，我猜她才二十出頭。我再朝她現身的方向看去：她是在一條似乎通達不到任何地方的窄徑出現的。

「是她……是她救了我。」我喃喃說著，暈眩更爲嚴重了。

「不要在一個已經夠奇特的世界裡製造幻想了，」派特魯斯扶住我的手臂說。「她是從距離此地三、四哩的卡納斯的一所修道院來的。你從這裡看不到。」

我的心仍然怦怦跳著，很確定我快要吐了。由於太難受，我說不出話來，也無法要求解釋。我坐在地上，派特魯斯拿些水灑在我額頭和頸背上。我記得上次我們離開老婦人的房子後，他也做過同樣的事——但是那天我是喜極而泣。此刻的感覺正好相反。

派特魯斯讓我休息一下。涼水使我清醒了些，噁心感開始消退。情況也慢慢回復正常。當我覺得已經恢復過來時，派特魯斯說我們應該走走，我便照做。走了大約十五分鐘，疲累感再次重現。我們在一根中世紀的十字架柱腳下坐下來。這種柱子可用來標示雅各路線上的各個路段。

「你的恐懼比那隻狗對你造成的傷害更多。」休息時，派特魯斯說。

我想要了解那場荒謬接觸的原委。

「在往聖狄雅各之路的旅程中，有些事情的發生是超乎我們所能控制的。當我們第一次見面時，我告訴你，我在那個吉普賽人的眼裡，看到了你將會面對的魔鬼的名字。而我知道魔鬼是一隻狗時也很驚訝，但是當時我什麼都沒告訴你。直到我們走進那婦人的房子，也就是你頭一次顯現了神愛之時，我才見到你的敵人。

「當你趕走那個婦人的狗時，你沒有讓牠在某個地方待著。你並沒有像耶穌那樣，把惡靈拋進豬群中，再投下懸崖。你只是把牠趕走。現在牠的力量就跟隨你四處漫遊，沒有目的地。在你找到劍之前，你必須決定你是要受到這股力量的奴役或者是主導它。」

我的倦意開始退去。我深吸一口氣，感覺背部十字架柱那冰涼的石頭。派特魯斯又給我一些水喝，繼續說：

「著魔（obsession）之所以發生，往往是人們對世間力量失去控制。那個吉普賽人的詛咒嚇到那個婦人，而她的恐懼打開了一道裂口，使死亡使者能夠穿透。這種情況並不常見，但也不罕見。你的信心和掌控的感覺，有極大部分視你對他人的威脅如何反應。」

這次是我想起聖經裡的一句話來了。〈約伯記〉有一句話：「因我所恐懼的臨到我身，我所懼怕的迎我而來。」

「不受威脅，威脅便毫無效果。在打那美好的仗時，你應該永遠記得這一點。就像你也應該永遠記得這一點：攻擊和逃跑都是戰役的一部分。而不是戰役的一部分的，是被恐懼嚇得癱瘓了。」

狗出現時我並不害怕。這一點使我深感驚訝，我告訴派特魯斯。

「我也看得出來你不害怕。如果你害怕的話，那狗就會攻擊你了。而且毫無疑問牠會贏過你，因爲這狗也不害怕。不過最最奇怪的是那個修女的到來。當你感覺到有樣正面、肯定的事物出現時，你的想像力下了結論，認爲那是來幫助你的。而這種想法，也就是你的信仰拯救了你，即使這是根據完全錯誤的假設。」

派特魯斯說對了。他對我笑了起來，我也笑了。我們站起來繼續走。我已經覺得好多了。

「有件事你必須明白，」我們繼續走時，派特魯斯說。「你和那隻狗的決戰，只有在你或牠哪一方勝利了才能結束。牠還會回來，下一次你必須作戰到底。不這樣的話，你一輩子都會擔心牠的出現。」

派特魯斯說，在和那位吉普賽人接觸時他知道了魔鬼的名字，此刻我問他那是什麼。

「『軍團』，」他答道。「因爲牠擁有『許多』面目。」

我們行經農人正準備播種的田間。四處可見農人在這場對抗乾燥土壤的數百年戰爭中，操作著簡陋的抽水機。沿著往聖狄雅各之路的道路兩側由石頭堆成無止盡的一道道石牆，縱橫交錯在田間。我在想，多少世紀以來，這裡的土壤終年有人耕種，爲什麼這些石頭依然會出現——這些石頭會打斷犁刀的葉片、使馬匹跛足、讓農人雙手起繭。這是一場年年要打的仗，一場永不結束的仗。

派特魯斯比往常更沉靜，我知道他從早上起開始就幾乎沒說什麼話。從我們在中世紀的十字架柱旁談過話後，他就一言不發，我問什麼問題他都不回應。我想多知道一些「許多魔鬼」的事，因爲他告訴過我說每個人只有一個使者。但是派特魯斯對這些都不想談，於是我決定等待更好的時機再說。

我們爬上一個小小的山坡，從坡頂可以看到卡薩達的聖多明哥教堂主塔。我很高興見到它，而開始幻想「國家旅館」的神奇慰撫。從我在書刊上看見的內容，我知道那幢建築是聖多明哥親自建造，作爲朝聖者的歇息之處。阿西西的聖方濟在前往康波史泰拉途中就住過那裡。它的一切都使我非常興奮。

這天晚上約七點鐘時，派特魯斯說我們應該停下來。我想起隆賽凡爾和當我需要酒溫熱身體時，我們行路時的緩慢步子，我怕他要準備類似的事。

「使者永遠不會幫你去打敗別人。我告訴過你使者既非善亦非惡，不過他們彼此之間還有點忠誠。不要想靠你的使者去幫你打敗那隻狗。」

現在輪到我不想提到使者了。我只想趕到聖多有哥。

「死者的使者會占據被恐懼所控制的人的身體。在那隻狗的例子裡，這也是何以他會是『很多』面目的原因。使者是被婦人的恐懼邀請來的——不只是被殺死的吉普賽人的使者，而是所有在空間漫遊，尋找與世間力量建立連繫方式的使者。」

他終於回答我的問題了，不過他說話的態度，有些地方看起來很假，好像並不是他眞心想說的。我的直覺要我提防一下。

「你想要怎麼樣，派特魯斯？」我問他，有點生氣。

我的嚮導沒有回答。他走進田野，朝著距我們約三十碼的一棵幾乎光禿禿的古樹走去。他沒有示意我跟在其後，我站在原地。爾後我看到一件奇怪的事：派特魯斯繞樹走了幾次，一邊望著地面一邊大聲說著什麼。完事之後，他作勢要我過去。

「坐在這裡。」他說。他的話裡有一種不同的語氣，我說不出那是友善或是激怒。「就待在這裡。我明天和你在卡薩達的聖多明哥見。」

我還來不及說一個字，派特魯斯又繼續說了，「有一天——我向你保證不是今天——你將必須和往聖狄雅各之路上最重要的敵人對峙，也就是那隻狗。當那一天到臨時，你大可放心，我一定會在你身邊，並且給予你需要的戰鬥力量。不過今天你將面對一個不同類型的敵人，它不是一個眞實的敵人，但它可能會摧毀你，也可能成爲你最好的朋友：死亡。

「人類是大自然中唯一知道自己會死的生物。因爲這個理由，僅僅因爲這個理由，我才會對人類懷有最深切的敬意，而且我相信人類的未來要比他們的現在更好。即使知道他們的生命屈指可數，而且在他們最未料到之時每件事都會結束，人類也將他們生命視爲一場戰役，一場配得上永恆生命的戰役。留下偉大的作品、生養子女、殫精竭慮使自己不被後世遺忘——這些世人認爲是虛榮無用的事物，我卻認爲是人類高貴的至上表現。

「然而，身爲脆弱的生物，人類也總想掩藏他們必然會死的確然性。他們不明白其實是死亡本身，促使他們想要做出生命中最美好的事物。他們害怕步入黑暗、害怕未知，而他們克服這種恐懼的唯一方法，就是對他們屈指可數的生命事實視而不見。他們不明白，如果對死亡有所了解，他們就能夠更大膽，在每日的征戰中更爲勇猛，他們沒有任何損失——因爲死亡是不可避免的。」

看樣子，應該不會在聖多明哥過夜了。不過此際我對派特魯斯的話很感興趣。太陽正隱沒在前方的地平線後面。

「死亡經常與我們爲伍，而且死亡賦予每個人的生命眞正的意義。爲了要看清楚死亡的眞正面孔，首先我們必須明瞭，就算只是提起死亡，都會在人類心中引發種種的焦慮和恐懼。」

派特魯斯坐在樹下我的身邊。他說幾分鐘前他繞著樹身幾次，因爲樹使他想起從前他是個朝聖者，往聖狄雅各前去時所發生的每件事。接著他從背包拿出兩個他在午餐時買的三明治。

「拿去吧，你現在置身的此處沒有危險，」他說，並把三明治遞給我。「這裡沒有毒蛇，那隻狗也只有在忘掉今早的敗績後才會回來攻擊你。這一帶沒有盜匪或罪犯。你處在一個絕對安全的所在，只有一個例外：你自己的恐懼所產生的危險。」

派特魯斯向我說明，他說兩天前我體驗到一種和死亡本身同樣強烈、狂猛的感覺，也就是充滿全身的愛意。而在其中的某段時間，我動搖且害怕了。他說我會害怕，是因爲我對宇宙的愛一無所知。他解釋說，雖然我們所有人都對死亡有些概念，但我們卻不明白死亡只不過是神愛的另一種顯現。我說以我多年在魔法中所接受的訓練，我幾乎對死亡毫無所懼。事實上，死亡的方式還比死亡本身更教我害怕。

「好，那麼今晚你就看看最嚇人的死法吧。」

這時，派特魯斯教我「活埋練習」。

「這個練習你只能做一次。」他說。我在想，劇場有一種練習和這個很相似。「你最好盡可能對自己誠實，而且要讓練習深入你的靈魂根源，你最好表現出必要的恐懼。這練習必須將掩住死亡那溫柔臉孔的駭人面具扯掉。」

派特魯斯站起來，我看到襯著落日背景的他側面的身影。從我坐著的地方看去，他的身形顯得巨大而具有力量。

「派特魯斯，我還有一個問題。」

「什麼問題？」

「今天早晨你一言不發，神情怪異。你比我更早察覺到那隻狗會出現。這是如何做到的？」

活埋練習

躺在地板上，放輕鬆。雙手交叉放置胸前，擺出死者的姿勢。

●

想像你自己葬禮中的所有細節，就像是明天就要舉行一般，唯一的差別是你要被活埋進去。葬禮情況在你心中發展之時——教堂儀式、送葬隊伍來到墓地、將棺木放入墓中，墓地裡的蛆——你的肌肉因為你拚命想逃出而愈來愈緊繃。但是你卻逃不出去。你一試再試，一直到再也受不了，於是你使盡全身力量衝出棺木的限制，深呼吸，而發現你已經自由了。如果同時你還尖聲大喊，這動作會有更大的效果，而這大喊應該是發自你身體深處的吶喊。

「當我們兩人都體驗到充滿全身的神愛時，我們便與『整體』（the Absolute）共同分享。『整體』讓我們知道我們究竟是什麼人，那是一座巨大的因果網，在網中，任何人的小小舉動都會影響到別人的生命。今天早上，『整體』的那一小部分仍然十分活躍地存在我的靈魂當中。當時我不僅看見你，也看見世界上的萬事萬物，未受到時空的限制。現在這種影響要弱得多，只有在下次我做神愛練習時，才會以完整的力量重返。」

我想起派特魯斯早晨的壞心情。如果他說的話是眞的，這世界可正要經歷一段很差的階段了。

「我會在『國家旅館』等你，」他臨走時說。「我會把你的名字告訴櫃台。」

我看著他離開，直到看不到他爲止。在我左邊的田裡，農人已經做完一天的活回家了。我決定等夜幕一低垂，就進行這個練習。

我感到很滿足。這是我展開往聖狄雅各的奇路以來，頭一次眞正獨自一人。我站起來探看附近，但夜色迅速聚攏，我決定回到樹旁，以免迷路。天色全黑以前，我在心裡估算了一下樹和道路之間的距離。即使在黑暗中，我也能看清楚道路，即使只靠著已升上天際的微弱新月之助，也可以走到聖多明哥。

在此之前，我絲毫未感到害怕，我覺得要想像力非常豐富才能使我害怕死亡，不管是哪一種可怕的死法。但是不管我們活了多久，只要夜晚降臨，就會喚起從孩提時期起便隱藏在靈魂中的恐懼。夜色愈濃，我愈是不安。

看，我獨自一人在田野中，就算我尖叫也不會有人聽見。我想起這天早晨我幾乎昏迷。我這輩子從未覺得我的心是如此無法控制。

萬一我死了怎麼辦？很顯然，我的生命就結束了。經由我在「傳統」中的經驗，我已經和許多靈魂交流過。我確信死後絕對有生命，只是我從沒想過其間是如何過渡的。從一個次元到另一個次元，不論一個人準備得多麼充分，都一定是件可怕的事。比方說，如果我這天早上死去了，我就絕不會知道往聖狄雅各往後的路途、我學習的歲月、我家人對我的哀悼，或是藏在我皮帶裡的錢將流落何方。我想到在巴西我書桌上的一盆盆栽。那盆栽將會活下去，就像其他植物一樣，而電車，而街口賣蔬菜比別人貴的那個男人、幫我查未登記在電話簿號碼的查號小姐，也都會繼續活下去。這些事對我而言有極大的意義，而如果我這天早上死了，這些事全會消失。我明白，提醒我活著的是這些事物，而不是星星或是智慧。

夜色很黑，我可以看到地平線上有微弱的城市燈光。我躺在地上，注視著上方的樹枝。開始聽到各式各樣奇怪的聲音。那些要出來獵捕食物的夜間動物的聲音。派特魯斯不可能知道每件事，他不過是和我一樣的人類罷了。我怎麼知道他說不會有毒蛇的保證是眞的呢？還有野狼，那些永遠都有的歐洲野狼——牠們也可能決定這晚現身，聞到我身上的氣味？一個類似樹枝斷裂的稍大聲響嚇了我一跳，我的心再次怦怦跳動。

我害怕了起來。還是現在趕緊完成練習，趕往旅館爲妙。我開始放輕鬆，再學死人一樣把雙手交叉放在胸前。附近有東西發出一個聲音，我立刻跳了起來。

沒事。夜晚喚起我最大的恐懼。我再次躺下，並決定這回我要把任何一個恐懼的來源，轉變爲我練習的一項刺激。我發覺雖然溫度降低不少，我卻在流汗。

我想像我的棺材被蓋上，螺絲也轉緊了。我動也不動，但我還是活著的，我也想告訴家人，我全看到了。我想告訴他們，我愛他們，可是我嘴裡卻發不出一個字。我的父母在哭，我的妻子和朋友聚在一旁，我卻完完全全地孤獨一人！我珍愛著的所有人都站在這裡，卻沒有一個人知道我還活著，而且我還沒有完成我在此世中想要完成的一切。我拚命想睜開眼睛、想發出一個信號、想去敲棺蓋，但是我無法移動身體的任何一個部分。

我感覺到棺木被抬往墳墓。我聽到把手和棺木旁的裝置磨擦聲音、送葬者的腳步聲，以及棺木周遭的交談聲。有個人說晚上他有個晚餐約會，另一個人則感嘆我英年早逝。我身體旁邊的花朵氣味開始快要讓我窒息了。

我想起自己如何放棄與兩、三個女人之間建立的感情，因爲我怕遭到她們拒絕。我也想起有多少次我沒能去做我想做的事，因爲我認爲以後總會去做。我爲自己感到難過，不只是因爲我將要被活埋，而是因爲我以前擔心活著。爲什麼要擔心向某人說不，或是留下未竟之事，其實最重要的事是充分享受生命？而我此刻卻陷身在棺材裡，要回頭展現我應有的勇氣已經太遲。

此刻我在這裡，而我曾經扮演過背棄我自己的猶大角色。此刻我在這裡，沒有力氣移動一塊肌肉、放聲呼救，而其他人卻在各自的生活裡，爲這天晚上要做什麼而發愁、或欣賞著我再也見不到的雕像和建築。我開始覺得我必須被活埋，而別人卻能繼續過日子是多麼不公平的事。如果是一場浩劫來臨，而我們全都是同樣處境，全都要前往此刻他們將抬我去的深淵，我還會好受點。救命！我想喊出來。我還活著。我還沒死。我的心還能運作！

他們把我的棺木放在墳邊。他們要埋葬我了！我妻子將會完全忘記我，她會再嫁人，並且把我們辛苦存了這麼多年的錢都花完！但是誰管那些！我想要現在和她在一起，因爲我還活著！

我聽見啜泣聲，也可以感覺到淚水從我眼中滑落。如果我的朋友現在把棺木打開，他們會看到我的眼淚，就會救我出來了。但是我卻只感覺棺木被降到地底。突然間，一片漆黑。一會兒以前，棺木邊緣還有一絲光線，現在卻是全然地黑。掘墓工人的鏟子正將墓穴塡滿，而我卻是活著的！我要被活埋了！我感覺到空氣已經被阻隔了，而花的香味簡直是糟透了。我聽見悼唁者腳步離去的聲音。我的恐懼是全面的。什麼也不能做。如果他們現在走掉，很快天就黑了，就不會再有人聽見我在敲棺材蓋了！

腳步聲已遠，沒有人聽見我的叫喊，我獨自在黑暗中，空氣濃濁，花香味簡直要把我逼瘋。突然我聽到一個聲音。是蛆，要來生吃我了。我用盡全身的力量去移動身體任何一部分，卻絲毫無法動彈。那些蛆開始爬滿我全身。牠們又黏又冰，爬上我的臉，又鑽進我的內褲。其中一隻鑽進我的肛門，另一隻開始進入一個鼻孔。救命！我正在被活活吃掉，卻沒有人聽得到我的聲音，沒有人對我說一句話。進到我鼻孔的那隻蛆已經走到我的喉嚨了。我感覺到另一隻蛆正在進攻我的耳朵。我必須出去！天主在哪裡？爲什麼祂不救我？牠們開始吃我的喉嚨，很快我就無法喊叫了！牠們進到我全身的每個地方：耳朵、嘴角、陰莖。我感到那些噁心的油滑東西在我身體裡，我得喊叫，我得逃開！我被關在這個冰冷、黑暗的墳墓中，孤伶伶的，而且要被活生生吃掉！空氣愈來愈少，成千上萬的蛆又在吃我！我必須移動。我必須衝出這具棺木！天主，讓我集結所有的氣力，因爲我必須逃出去！我必須離開這裡，我必須……我快要出去了！我快要出去了！

我成功了！

棺木壁板四散飛開來，墳墓消失了，我讓肺部吸滿往聖狄雅各之路上的新鮮空氣，我全身從頭到腳都在顫抖，浸在汗水中。我移動了一下，只覺五臟六腑全絞扭在一起。但這些都不重要了：我還活著！

顫抖依然持續，我任憑它去，一點也不去控制。一陣巨大的平靜感襲向我，我感到身旁有一種東西，轉頭看去，我看到我的死亡的臉孔。這可不是幾分鐘前我體驗過的那個死亡，那個我用恐懼和想像創造出來的死亡；而是我眞正的死亡，它是我的朋友和顧問，它再也不會讓我有如此懦弱的行爲了。從這時起，它將會比派特魯斯那導引的手和勸告給予我更多的幫助。它不會再讓我把應當今天該享受的事物拖延到明天。它不會再讓我逃避生命的戰鬥，它也會幫助我去打那美好的仗了。我再也、再也不要認爲去做任何事是可笑的了。因爲它在這裡，它說當它牽著我的手要帶我奔赴另一個世界時，我應該抛下最大的罪過，那就是懊悔。有它出現的確切性和溫柔的臉孔，我相信我將能暢飲生命之泉。

夜晚再也沒有別的祕密或恐懼了。這是個令人歡喜的夜，充滿了平靜。當顫抖歇止後，我站起來走到田裡的抽水機旁。把短褲洗乾淨，再從背包取出一條新的換上。然後我走回樹旁，吃下派特魯斯留給我的兩個三明治。三明治似乎是全世界最美味的食物，因爲我是活著的，也因爲死亡已不再讓我害怕了。

我決定就在這裡睡下。夜的黑暗從沒有像現在這麼教人寬慰過。

---

①國家旅館（Paradores Nacionales），是一些古城堡，也是有歷史性的建築，後來西班牙政府將之改建成一流的旅館。

私惡

我們置身在一片平坦的麥田中央，麥田一路延伸到地平線。這片景致中唯一突出的是另一座中世紀的十字架支柱，這是供朝聖者辨認的路標。我們走近柱子時，派特魯斯停下腳步，把背包放在地上，然後跪了下來。他要我照著做。

「我們要念一段祈禱文，關於你找到劍之後，唯一能打敗你這位朝聖者的東西，就是你的私惡。不論你從你師父那裡學到多少處理你的劍的方法，你雙手中的一隻手總會是你潛在的敵人。讓我們祈禱，如果你能找到你的劍，你要永遠用不讓醜聞上身的那隻手去揮舞這把劍。」

此時是下午兩點鐘，派特魯斯開始大聲禱告，四周寂靜無聲。

「主啊，憐憫我們，我們是往康波史泰拉的朝聖者，我們在此地可能會是一種罪惡。請以祢無限的憐憫，幫助我們，永不讓我們的知識爲害我們。

「請憐憫那些自怨自艾的人，以及自認爲是好人，卻受到生命不公平對待的人——他們認爲遭遇不公。這種人永遠不能打那美好的仗。也請憐憫那些刻苦自己，只看見自己行爲中的惡，認爲世間不公不義都要怪他們的人。因爲這兩種人都不了解祢的律法：『就連你頭上有多少頭髮，也都有數。』

「請憐憫那些支配別人和長時間工作的人；那些犧牲自己只求換得周日休息、卻發現無處可去、各地都關門的人。也請憐憫那些使自己努力變得神聖的人；那些能夠超越自身瘋狂的界線，到頭來卻債台高築或被自己兄弟釘上十字架的人。因爲這兩種人都不了解祢的律法：『因此你要像蛇一般聰明，像鴿一般無害。』

「請憐憫那些或許能征服世界，但永遠無法打那場內心中美好的仗的人。但也請憐憫那些已贏得內心那場美好的仗，卻發現自己流落街頭，身陷生活牢籠，而無法征服世界的人。這兩種人都不了解祢的律法：『凡聽見我這話就去行的，好比一個聰明人，把房子蓋在磐石上。』

「請憐憫那些害怕拿起筆，或畫筆，或樂器，或工具的人，因爲他們害怕已經有人做得比他們更好，而他們認爲自己不配進入藝術奧妙的殿堂。但也請憐憫那些已經拿起筆，或畫筆，或樂器，或工具，而將靈感變成一個無價值的東西，卻自認爲比別人優秀的人。

這兩種人都不了解祢的律法：『凡掩藏的無不被揭穿；凡掩飾的無不被知曉。』

「請憐憫那些吃飽喝足卻孤單、不快樂的人。但也請更憐憫那些行齋戒而自視爲聖者、並在街上傳布祢名字的人。因爲這兩種人都不了解祢的律法：『如果我做自己的見證人，我的見證就不是眞的。』

「請憐憫那些怕死的人，他們不知道自己已經歷許多國度、歷經許多次死亡，而他們認爲有一天他們的世界會結束，因此他們不快樂。更要憐憫那些已經知道自己歷經多次死亡，而認爲自己現在是不朽的人。這兩種人都不了解祢的律法：『除非人再生，否則無法見到神的國度。』

「請憐憫那些用愛的絲緞將自己綁縛，認爲自己是別人主人的人：那些以嫉妒心毒害自己的人；那些因爲不明白愛和所有事物都會如風般改變而折磨自己的人。更要憐憫那些因害怕去愛而死的人，那些以他們不知道的、更偉大的愛之名而拒斥愛的人。這兩種人都不了解祢的律法：『凡喝我給的水的人，將永不口渴。』

「請憐憫那些將宇宙簡化爲一種解釋，將天主簡化爲一種靈丹妙藥，將人類簡化爲一種必須滿足基本需求的生物的人，因爲他們從未聽過星球的音樂。更要憐憫那些盲目信仰的人，那些在實驗室中將水銀變成金子的人，以及四周擺滿關於塔羅牌祕密和金字塔力量的書的人。這兩種人都不了解祢的律法：『不能像孩童那樣接受神的國度的人，永遠無法進入。』

「請憐憫那些只看到自己的人，對他們而言，其他人只是坐著大轎車行經街道、關在有空調的頂樓辦公室、在權力的孤獨中受苦種種一團模糊而遙遠的景象。更要憐憫那些願爲任何人做任何事、樂善好施，只想以愛去勝過邪惡的人。因爲這兩種人都不了解祢的律法：『讓那些沒有劍的人賣了外衣，去買一把劍。』

「主啊，請憐憫我們這些人，我們去尋找並拿起祢所允諾的劍，我們是散布世間的聖人和罪人。我們甚至不認識自己，而經常以爲我們穿著衣服，實際上卻是赤裸的；我們相信我們犯下罪行，事實上我們卻救了別人的生命。在祢對我們的憐憫當中，也不要忘了我們是以天使的手和魔鬼的手執劍，而這兩者是同一隻手。因爲我們是屬於世界的，我們也繼續屬於世界，而且我們需要祢。我們將永遠需要祢的這條律法：『當我派遣你，你雖沒有錢袋、背包和便鞋，但你卻不缺任何東西。』」

派特魯斯結束了他的祈禱。沉默再度降臨時，他凝視著環繞我們的麥田。

征服

一天下午，我們抵達一座古老的「聖殿騎士團」①城堡遺跡。我們坐下來休息，派特魯斯抽著平常抽的菸，我喝了點午餐剩下的酒，端詳四周的景色：幾座農莊、城堡的塔樓、待播種的起伏田野。我的右邊出現一名牧羊人，正引導他的羊群走過城牆準備回家。天空一片火紅，羊群掀起的塵灰漫舞，遮蔽了視線，使這幕景色如夢似幻。牧羊人向我們揮揮手，我們也向他揮了揮。

羊群走過我們面前，繼續前行。派特魯斯站了起來。這真是一幕動人的景色，我希望待一直下去，但派特魯斯說：「我們走吧，立刻動身。我們必須趕緊行動。」

「為什麼？」

「因為——，這樣說吧！你不覺得我們在往聖狄雅各之路上已經花了夠多的時間嗎？」

但是有些事情告訴我，他的匆忙和牧人及羊群的神奇景象有關。

兩天後我們已經接近南方的山脈群，山的高度稍稍紓解了廣闊麥田無盡的單調。這地區有一些天然的高地，不過這裡有非常多何迪神父提到的黃色記號。在這時候，派特魯斯連個解釋也沒有，就逕自走離開記號，朝北方前去。當我對他指出這一點時，他很衝地回答說嚮導是他，他知道自己要帶我往哪裡去。

在這條新路上走了半小時左右，我開始聽到翻騰的水聲。四周全是陽光普照的田野，於是我試著想像那是什麼聲音。我們繼續走著，聲音也愈來愈大，毫無疑問那是瀑布的聲音。但在我們附近既見不到山脈，也看不到瀑布。

爾後，當我們登上一個小小的山坡坡頂時，我們便面對著大自然最大手筆的作品之一：高原中央有塊盆地，盆地深可容納一幢五層樓的建築，而一道溪流沖向盆地底部。這片巨型大坑的邊緣長著茂密的植物，植物外觀和我們在此之前所見過的完全不同，這些植物也框住了往下沖激的瀑布。

「我們從這裡爬下去。」派特魯斯說。

於是我們展開一段讓我想到冒險小說作家凡爾納②的下坡路。這段路走起來像是往地心走去一樣。坡路陡直，難以行進，爲了避免摔下去，我們不得不抓住旁邊的樹枝和尖銳的岩石。當我們到達盆地底部時，雙臂和雙腿都被劃破了。

「這裡眞美呀！」派特魯斯說，毫不在意我的不適。

我同意。這裡是沙漠中的綠洲。植物和水珠形成的彩虹，使盆地無論仰望或俯瞰都同樣美麗。

「這裡是大自然眞正展現力量的地方。」他說。

「沒錯。」我點頭。

「它也給我們一個展現自己力量的機會。我們爬上那瀑布，」我的嚮導說。「從水中過去！」

我再看了看這幅景象。不再把它看成是一片綠洲，也不當它是大自然較成熟的隨興之作。我所見到的是一面五十多呎的高牆，溪水從牆頭以震耳欲聾的強力沖激而下。瀑布下方形成的水潭深度不及一人身高，因爲河水流到一處地面開口，可能由此再轉入地下。這面高牆既無突出處讓我攀爬，水潭的深度又不足以承接落水的重量。眼前所見是一個絕對不可能的任務。

我想起五年前一件往事，那是在一項儀式中，那儀式也像此刻的情形一樣，需要我做非常危險的攀爬。我的師父讓我選擇，看我是否要繼續下去。當時我比較年輕，對師父的力量和「傳統」的奇蹟著迷不已，所以我決定繼續。我需要證明我的勇氣和勇敢給大家看。

就在我爬了將近一個小時的山之後，正接近最困難的一段時，突然一陣沒有預警的強風吹起，爲免跌落，我只得用盡全力貼住支持身體的山壁一小塊突起之處。我閉上眼睛，把指甲摳進山岩裡，做好最壞的打算。一分鐘後，很驚訝地發現有人幫我安排好一種更安全且更舒適的姿勢。我睜開眼睛，看見師父就在我旁邊。

他在空中比畫了一陣，風突然靜止了。而後他以一種絕對神祕的敏捷——有時似乎還得藉助身體騰空的練習——下了山，並且要我照做。

我雙腿顫抖不已地爬回山下，很生氣地問他，爲什麼不在風威脅到我之前，讓風勢減弱。

「因爲是我命令風吹的。」他回答。

「好害死我嗎？」

「不是，好去救你。你不可能爬上這座山的。當我問你要不要爬時，我不是在試探你的勇氣，而是考驗你的智慧。

「我沒有發出命令，你卻把它當成命令，」師父說。「如果你能夠騰空飄浮，就不會有問題。但是你想要表現勇敢，實際上你只要聰明就夠了。」

那天他告訴我，有些魔法師在啓示過程中發狂，再也分辨不出他們自己的力量和他們徒弟的力量。我這輩子認識了一些「傳統」教會中的偉大人物。包括我自己的師父，我知道有三位偉大的師父，能夠以任何人都難以想像的方式控制實際物體。我親眼見過奇蹟發生、對未來的預測正確，以及對前世的了解。我的師父早在阿根廷攻打福克蘭群島前兩個月就預測到這場戰爭了。他曾經詳細地描述一切，並從星象的層次解釋這場戰爭的原因。

但是那天之後，我開始注意到有些魔法師像我師父說的，「被啓示過程弄得癲狂」了。他們是一些平常人，但在各方面都和他們的師父相當，即使法力也一樣。我就看過一個人凝神專注二十分鐘使一粒種子發芽。但此人和其他一些人已經導致許多信徒瘋狂絕望，其中還有一些必須住進精神病院，而至少有一個已經證實的自殺案例。這些師父都在「傳統」教會的黑名單上，但要控制他們是不可能的事，而我知道他們當中有許多人到今天還在做這種事。

當我望著這道似乎不可能爬上去的瀑布時，這些念頭在瞬間一閃而過。我想到我和派特魯斯共同旅行的時間如此之久，在那隻狗的攻擊中，他未讓我受到傷，派特魯斯對餐廳服務生缺乏自制力的表現，以及婚禮喜宴上他酒喝個不停的模樣。我只能記得這些事情。

「派特魯斯，我不會去爬那道瀑布的。理由很簡單：那是不可能的事。」

他一句話也沒說，只在草地上坐下，我也照做。我們沉默地坐在那裡足足有十五分鐘之久。他的沉默使我敵意消滅，於是我率先開口。

「派特魯斯，我不要爬，是因爲我會摔下去。我知道我不會死，因爲我看到我的死亡臉孔時，也看到我會死的那一天。可是我卻可能摔下來，後半輩子變成殘廢。」

「保羅啊，保羅……」他看著我並且笑道。「你完全變了。你的聲音裡有一絲讓人充滿的愛，而你的眼睛也閃閃發亮著。」

「你要說我違背了出發之前所立的服從誓言嗎？」

「你並沒有違背誓言。你並沒有害怕，也不懶惰。但你也不應該認爲我給你一個沒有用的命令。你不想爬上瀑布，是因爲你心裡想著『黑魔法師』（Black Magi）③。你只是運用做決定的能力，這不算違背誓言。朝聖者並沒有被告知不准運用這種能力。」

我望望瀑布，再看看派特魯斯。我衡量爬上瀑布的機會，實在是不怎麼大。

「好，你注意了，」他繼續說。「我在你前面爬，不用任何天賦。我會爬到的。如果我能知道我的腳該放在哪裡，你也必須跟著。我現在取消你做決定的自由。如果你看到我已經在爬了，而你還拒絕，你就是違背誓言。」

派特魯斯開始脫下運動鞋。他至少比我大十歲，如果他能爬上去，我就沒有別的藉口了。我端詳這座瀑布，只覺得胃部抽緊。

但是他並沒有動。雖然他已經脫了鞋，他仍然坐在原地。他看著天空，並且說，「一五〇二年，距離這裡幾公里之處，聖母瑪利亞向一位牧人顯靈。今天是紀念那次事件的一個節日——路上聖母節（The Feast of the Virgin of the Road）——而我要將我的勝利奉獻給祂。我勸你也做同樣的事。將一場勝利獻給祂。不要獻上你腳上的痛或手上的石頭割傷。世人都只會獻上痛苦做爲苦修贖罪。這樣做並沒有錯，不過我想如果人們不要獻上痛苦，而是獻出他們的喜悅，聖母會更快樂。」

我無法開口。我仍然懷疑派特魯斯能不能爬上這座山壁。我認爲這整樁事是場鬧劇，我是被他說話的方式給吸引去的，他會說服我去做我眞正不想做的事。在面對這些疑慮時，我閉上眼睛一段時間，並向「路上聖母」祈禱。我承諾說如果我和派特魯斯能夠爬上這道高牆，將來有一天我會回到這裡。

「現在爲止你所學到的每件事，只有運用到實際生活中才有意義。不要忘了我向你形容『往聖狄雅各之路』是尋常人之路，我這句話已經說了一千遍。在往聖狄雅各之路上和在生活一樣，智慧只有在幫助我們克服障礙時才有價値。

「如果沒有釘子可釘，鐵鎚在世界上就失去意義。而就算有了釘子，如果鐵鎚只想：『我只要敲兩下就能釘好釘子』，那麼鐵鎚也沒有用。鐵鎚必須要動才行。要讓自己握在木匠手中，在適當時候發揮作用。」

我想起師父在伊塔夏亞的話：「任何擁有此劍的人都應該經常使用，免得它在劍鞘中鏽蝕。」

「瀑布是個讓你將到目前爲止學到的每件事付諸實行的地方，」我的嚮導說。「有一件事對你是有利的：你知道自己將死的那一天，所以當你必須很快決定腳步要踩在哪裡時，恐懼不會使你癱瘓。但要記住，你得和水合作，利用它提供給你所需要的。記住，如果有不良的念頭盤踞心中時，你必須用指甲刺大拇指。而最重要的事是，在每分鐘的攀爬時你都必須在神愛中找尋支持，因爲是這種愛引導你的每個腳步，使每個腳步都踏得正確無誤。」

派特魯斯沉默不語。他脫去襯衫和短褲，全身赤裸地走進冰冷的水潭裡，將全身浸濕，並朝天空伸出雙臂。我看得出來他很快活，他正享受著水的冰涼和四周水霧形成的彩虹。

「還有一件事，」走進瀑布下方前他說。「這個瀑布將會教你成爲一個師父。我要去爬了，但是你我之間會有一道水簾，所以我在爬的時候，你看不到我的手和腳擺放的位置。

「同樣的，像你這樣的徒弟是永遠也不能模仿嚮導腳步的。你有自己生活、處理問題和獲勝的方式。教導只是示範說這是可能的。學習則是讓它成爲可能的。」

他沒有再說什麼，這時他穿過瀑布的水幕，開始往山壁攀爬。我只能看到他的大概身形，就像是透過毛玻璃觀看一樣。不過我看得出他正在往上爬。他緩慢而堅毅地朝上方移動。他愈接近瀑布頂端，我愈害怕，因爲就輪到我了。終於那最可怕的一刻來臨：他必須從奔落的水流中鑽出，而手不能扶著兩旁。水流的力量絕對會把他沖回地面。不過派特魯斯的頭還是在頂端露了出來，沖瀉的河水變成他的銀色斗篷。我只看到他一下下，因爲他一個箭步，快速翻身往上，讓自己穩穩地站在高原頂端，不過身體仍浸在水流中。然後我有一段時間看不到他。

終於派特魯斯出現在河岸上，全身蒙著水氣，在陽光下燦爛炫目，並且笑著。

「來吧！」他大喊，邊揮著雙手。「輪到你了！」

輪到我決定了。不是照做，就是永遠放棄我的劍。

我脫光衣服，再次向「路上聖母」祈禱。然後我潛進水潭裡。潭水冰涼，我的身體因而變得僵硬，但是我也有種愉快的感覺，是一種眞正活著的感覺。我想也不想，便筆直走向瀑布。

瀑布的水流打在我頭上的重量使我恢復一些現實感，這種感覺在我們最需要對自己的力量產生信心時，是會讓我們軟弱的。我看得出來瀑布比我先前想的更加猛烈，而且如果這水流繼續打在我頭頂上，將把我擊倒，即使我雙腳牢牢地貼著潭底。我穿過瀑布，站在水幕和岩石之間，塞進一個正好容身的空間中，身體貼著山壁。從此處看來，這項任務比我想的要容易些。

這裡沒有水流沖激，原先所見似乎是光滑的壁面，其實是有許多凹處的山壁。想到我差一點就因爲害怕山壁光滑難登而放棄我的劍，未料它卻像是我爬過好幾十次的山岩一般，便讓我驚訝不已。我似乎聽到派特魯斯的說話聲：「我不是告訴你了嗎？一旦問題解決了，你會發現眞的很簡單。」

我臉貼著潮濕的岩石開始往上爬。十分鐘不到，我幾乎已經爬到頂端了。只剩下一關：最後階段，也就是水流流過山壁頂端而以拋物線之勢沖下瀑布水潭的地方。如果我無法通過將我與開闊的空氣分隔的最後一關，那麼我順利爬到這裡就不值一文。這裡是危險所在，而之前我沒有看到派特魯斯是如何成功的。我再次向「路上聖母」祈禱，這位聖母我從未聽過，但此刻祂卻是我所有信仰的目標，也是我企求成功的全部希望。我開始很沒把握地先沖頭髮，再把整個頭伸進沖刷著我的水流中。

水流將我整個罩住，使我視線一團模糊。我開始感受到它的衝擊，而緊緊攀住岩石。我把頭彎下，在水中造出一個氣囊，讓我可以呼吸。我完全信任我的雙手和雙腳。畢竟我的手握過一把古代的劍，我的腳踏過往聖狄雅各之路。它們是我的朋友，它們也在幫助我。但水聲震耳欲聾，而我也開始呼吸困難。我打定主意要讓頭伸進水流，有幾秒鐘時間，眼前一片漆黑。我拚全力要讓手腳停留在原處，但水聲似乎把我帶到另一個地方，那是個神祕遙遠的地方，在那裡，此刻發生的事情沒有一件是重要的，而且那是個只要我有力氣就能去得了的地方。在那裡，我不再需要有超人的力量使我的手腳穩穩地攀著岩石；那裡只有平靜的休息。

但我的手腳卻不聽從這股想投降的衝動，它們抵抗了一陣致命的誘惑。我的頭漸漸地從水流中冒出，就像進入水流時那樣。我全身被一股對我身體的深愛所籠罩。這股愛意在這裡，在這個爬越瀑布尋找一把劍的瘋狂冒險中幫助我。

當我的頭完全衝出水面時，我看到上方那明亮的太陽，於是深吸一口氣。這個動作使我重新恢復力氣，我四下探望，就在幾吋外，我可以看到那片原先走過的高原——旅程的終點。我有股衝動，想跳上去抓住什麼東西支撐，但是透過激流根本沒看到什麼。衝動雖然強烈，但勝利的時刻仍未到來，我必須控制自己。我現在是在攀爬最困難的部分，河水沖擊著我的胸口，水的壓力隨時都可能把我拋回下方，那是我爲了追尋夢想而大膽離開的地方。

這不是想起師父或朋友的時候，而且我也不能往旁邊觀望，想知道如果我失足的話，派特魯斯能不能拯救我。「他可能已經爬過這裡一百萬次了，」我想，「他知道這裡是我最迫切需要幫助的地方。」可是他竟然放棄了我。或許他並沒有放棄我，而是在我身後某個地方，只是我如果回頭望的話就一定會失去平衡。我必須全部倚靠自己。我必須獨力贏得勝利。

我讓雙腳和一隻手牢牢扶住山岩，另一隻手放開，並隨著水勢垂下。我不想再用任何氣力，因爲我已經用盡所有的力氣了。我的手也知道這一點，因此就像一條魚一樣，放棄掙扎，但知道自己要往哪裡去。我記得小時候看過的影片，影片裡的鮭魚能夠躍過瀑布，因爲牠們有個目標，而且非達成不可。

我就著水勢，將手臂慢慢抬起，終於抬出了水面。這隻手臂承擔了我前往支持點、決定身體其餘部分命運的任務。我的手像那部影片中的鮭魚一樣，伸進山壁頂端的水中，摸索一個可以在我最後一躍過程中、支持我的地方或是一個點。

這裡的石頭已被好幾世紀奔流的河水所磨光，但是這裡一定有個可以讓手抓緊的地方：如果派特魯斯找得到，我也找得到。這時我開始感到痛苦，因爲此刻我知道距離成功只有一步之遙，這正是一個人氣力開始衰竭、失去信心的時候。在我生命中，有好幾次我是在最後一分鐘敗陣下來的——我在大海中泅游，卻溺死在悔恨的巨浪中。但是我正在往聖狄雅各之路上，昔日的經驗絕不可以再次上演，我必須要贏。

我空出來的那隻手沿著光滑的石頭滑動，水的壓力愈來愈強。我感覺到其他的手腳無法支撐下去，而我都快抽筋了。水流也擊打著我的生殖器，疼痛難忍。而後我空出來的那隻手突然在岩石中摸到一個可以抓握的地方，雖然不大，而且離我想爬上去的地點稍微偏了些，不過它可以讓我另一隻手抓住。我在心裡記住了這個位置，這隻手再回去找能拯救我的地方。距離第一個抓握處幾吋之遙，我找到另一個。

就在這裡！這就是幾世紀以來，讓往聖狄雅各朝聖者的手可以抓握的地方。我的視線看得到這裡，於是我用全部力量抓住，另一隻手放開了，又被水的力量往下沖，不過它往天空揮了個弧線，再往抓握處伸去。我的身體以一個迅速的動作，隨著我雙臂打開的路往上一躍。

這最大也最後的一步終於完成。我的身體躍出水面，一會兒之後這蠻橫的瀑布就只成爲一涓細流，幾乎沒有流動。我爬向河岸，筋疲力盡地癱在那裡。陽光照在我身上，使我溫暖，我再次告訴自己我贏了，我像站在下方瀑布潭中一樣地活著。水聲之外，我聽到派特魯斯走近的腳步聲。

我很想站起來讓他看到我有多快活，但心有餘而力不足。

「放輕鬆，休息一下，」他說。「慢一點呼吸。」

我照著做了，於是睡了沉沉無夢的一覺。醒來時太陽已經橫過大半個天空，派特魯斯已經穿好衣服，並把我的衣服遞給我，說我們必須動身。

「我很累。」我說。

「別擔心。我要教你從你四周的每樣事物中吸取能量。」

於是派特魯斯教了我「雷姆呼吸練習」。

我做了五分鐘的練習，感覺好多了。然後我站起來，穿好衣服，拿起我的背包。

「過來。」派特魯斯說。我走到崖邊。腳邊的瀑布奔騰而下。

「從這裡看，要比從下面看容易得多。」我說。

「一點也沒錯。如果我之前就帶你來這裡看的話，你就會有錯誤的想法了。你對自己成功的機會，分析就會失誤。」

我仍然感覺身體虛弱，於是又做了一次練習。很快的，我周遭整個宇宙全都與我和諧並存，並且融入我心中。我問派特魯斯爲什麼從前不教我「雷姆」呼吸法，因爲我在往聖狄雅各之路上有很多次都會感到懶散和疲倦。

「因爲你看起來從未像你感覺的那樣。」他笑著說。然後他問我，我在阿斯托爾加（Astorga）買的那些好吃的奶油點心還有沒有剩。

雷姆呼吸練習

將肺中的空氣呼出，盡量吐淨。然後一邊盡量將雙手舉高，一邊慢慢吸氣。吸氣時，專注讓愛、和平以及宇宙的和諧，進入你的身體。

● 屏住你吸入的空氣，並且盡量讓雙手舉得愈久愈好，享受你內在感覺和外在世界之間和諧相融的感覺。屏氣到極限時，迅速吐出所有空氣，並且念著「雷姆」。

● 每次以五分鐘重複這個過程。

①聖殿騎士（Order of the Knights Templar），或譯聖堂武士團，爲十二世紀在耶路撒冷成立的僧兵團，旨在保護朝聖者和聖墓（譯者註）。

②凡爾納（Jules Verne，1828-1905），法國小說家，著有《地心探險記》、《環遊世界八十天》等。

③指「傳統」教會中無法和門徒進行魔法接觸的師父，如前所述。這個詞也可以形容擁有對世間力量的掌控後便中止學習過程的師父。

瘋狂

有三天時間我們像是急行軍一樣。派特魯斯在天還沒亮時就把我叫醒，不到晚上九點，我們是不會停止一天的行進。唯一可以停下來稍作休息，便是匆匆進餐的時刻，因爲我的嚮導已經取消了我們的午睡。他給我一種不想讓我知道某種行程安排的感覺。

此外，他的行爲也完全改變了。起初我以爲那和我在瀑布時的躊躇有關，後來我知道不是。他對每個人都很不耐煩，而且白天時常在看錶。我提醒他說，是他告訴我，由我們來創造時間步調。

「你愈來愈聰明了嘛，」他答道。「我們來看看你能不能在必要的時候，把這些智慧全派上用場。」

一天下午，我們行走的步調著實讓我累得爬不起來。派特魯斯要我脫掉襯衫，把脊背骨貼在附近一棵樹的樹身上。我保持這種姿勢幾分鐘，覺得舒服多了。於是他開始向我解釋說，當你把神經中樞貼著樹身時，植物，尤其是成熟的樹木，能夠傳送出和諧的波動。他談論起植物的物理、能量和精神方面的屬性，一談就是好幾小時。

他說的這些我在報章雜誌都看過，所以我並不擔心記筆記的問題。不過派特魯斯的長篇大論倒是幫我消除他對我不悅的感覺。此後我就以較多的敬意看待他的沉默，而他也可能猜測到我的疑慮，所以盡量在他那常有的惡劣情緒下，表現得和善可親。

一天早晨我們來到一座巨大的橋，橋身和在其下流經的小溪完全不成比例。這是星期天的清晨，由於附近的酒吧和酒館都尚未營業，我們就坐在橋上吃早餐。

「人和大自然同樣的反覆善變，」我說，想要開始一番對話。「我們建造美麗的橋以後，大自然卻又改變了橋所穿越的河道。」

「這是因爲乾旱的關係，」他說。「快吃完你的三明治，因爲我們必須上路了。」

我決定問他爲什麼我們要這麼匆忙。

「我們走在往聖狄雅各之路上已經很久了。我告訴過你，我在義大利還有好多事沒辦，我必須趕回去。」

我不相信。他說的話或許是眞的，但這不是唯一的原因。當我繼續追問時，他卻換了話題。

「你對這座橋知道什麼？」

「什麼都不知道。」我說。「但是，就算是因爲乾旱，這座橋還是太大了。我想這條河一定更改過河道。」

「這一點我不清楚，」他說。「不過這座橋在往聖狄雅各之路上稱做『高貴通道』。我們四周的田野當時是一些慘烈戰爭的戰場，先是蘇維安人（Suevians）和西哥德人的戰爭，後來是阿方索三世①的軍隊和摩爾人的戰爭。也許這座超大的橋是要讓那些戰爭所流的血通過，以免淹沒城市。」

他想表現一點黑色幽默。但我沒有笑，他先是有點洩氣，一會兒他又繼續說。「不過這座橋的名字卻不是因爲西哥德人，或是阿方索三世的勝利歡呼而來的。而是另一個有關愛和死亡的故事。

「在往聖狄雅各之路出現的最初一百年內，歐洲各地的朝聖者、教士、貴族，甚至國王都前來向這位聖者致敬。因爲這樣，這裡也擁進盜匪強梁。史上記載過，有數不清的整支朝聖隊伍曾被搶劫，以及獨身前往的旅人受到可怕加害的例子。」

就像今天的情況一樣，我想道。

「由於這些犯罪案件，貴族便決定對朝聖者提供保護，每位參與的貴族負責一段路的保護工作。但就像河流會改道一樣，人的理想也會改變。除了嚇退惡人之外，那些騎士也開始彼此競爭，想表現誰是路上最強壯、最勇敢的人。於是沒多久他們就開始互相打了起來，而盜匪則放心大膽地重回這條路上。

「這情形發展了很長一段時間，直到一四三四年，利昂市（Leon）一位貴族愛上一個女人。這名貴族叫做蘇維洛·德·吉紐尼，有權勢也非常富有，他做了所有的事想贏得這名女子的芳心。但是這位歷史已經忘記她名字的女士，根本不想理會他的熱情，拒絕了他的求愛。」

一樁單戀和騎士間的戰役有什麼關係，我好奇得很。派特魯斯看到我感興趣，就說除非我吃完三明治，繼續上路，否則他不會說接下來的故事。

「你就像我小時候我媽媽一樣。」我說。但還是吞下最後一小塊麵包，拿起背包，穿過沉睡的城市。

派特魯斯繼續說：「我們這位先生的自尊心受到傷害了，於是決定要做一件所有男人覺得自己被拒絕時都會去做的事：展開一場私下的戰爭。他向自己保證，一定要做一件了不起的事，好教那位女士永遠不會忘記他的名字。他費了好幾個月的心血，在尋找一種高貴的方式，希望能奉獻出他被拒絕的愛。後來他聽說在往聖狄雅各之路上的那些罪行和戰鬥，於是他有了個想法。

「他召集了十個朋友，就在我們現在正走過的這座小城武裝起來。他透過朝聖者把話傳出去，說他準備在這裡待上三十天——進行三十場戰鬥——以證明他是這路上最強壯勇猛的騎士。他的旗幟、軍旗、隨侍、僕人全部就緒後，就等待挑戰者上門了。」

我可以想像那是什麼樣的野宴場面：烤野豬、喝不完的酒、聽不盡的音樂和故事、打不完的戰鬥。派特魯斯訴說著故事時，我心中也出現一幕幕鮮活的畫面。

「七月十號，第一位挑戰者到來，比武正式開始。白天吉紐尼和同伴忙著比武，夜裡繼續狂歡。比武都是在橋上進行，這樣誰都逃不掉。有一段時間，因爲挑戰者來得太多了，整座橋升滿火堆，好讓比武能夠繼續進行到拂曉。所有被打敗的騎士都必須發誓永遠不再和其他人打仗，而且從那時起，他們唯一的使命就是保護前往康波史泰拉的朝聖者。

「八月九號這天，比武結束，吉紐尼被公認是往聖狄雅各路上最驍勇的騎士。從此以後，再也沒有人再爲逞強而挑戰，貴族們也都回到對付大眾唯一的敵人的戰鬥中——攻擊朝聖者的盜匪。這個事蹟便造就了日後的『聖狄雅各寶劍騎士團』。」

我們已經穿過小城。我想回去再看一眼那座「高貴通道」，就是這一切故事發生的地點。但是派特魯斯說我們必須繼續趕路。

「吉紐尼後來怎樣了？」我問。

「他去到康波史泰拉的聖狄雅各，在聖狄雅各神壇獻上一條金項鍊，直到今天這條鍊子還戴在『小聖狄雅各』像的胸前。」

「我是問他後來有沒有和那位女士結婚。」

「噢，我不知道，」派特魯斯回答。「那個年代的歷史是男人寫的。戰場就在旁邊，誰還會對一個愛情故事感興趣？」

對我說完蘇維洛．德．吉紐尼的故事後，我的嚮導又回到現已成慣性的沉默中，我們不言不語地又走了兩天，幾乎沒有停下來休息過。不過第三天派特魯斯就開始走得比平時慢了。他說這個星期的節奏讓他有點累，而他年紀也大了，無法用那種步調繼續走下去。我再一次很確定他沒有說實話，他的臉上不但沒有倦容，反而露出一種緊張、專注的出神表情，彷彿有件非常重要的事情即將發生。

這天下午我們抵達方塞巴頓，這是一座已經完全荒廢的大村莊。那些石造房屋的石板瓦屋頂因爲時間久遠的緣故，承接的木頭都已經腐爛而傾圮殘破。村莊的一邊是懸崖，而在我們面前，一座山峰後方，則是往聖狄雅各之路上最重要的地標之一：「鐵十字架」（Iron Cross）。這次是我變得不耐煩了，我希望趕快走到那座奇異的紀念碑。那是個巨大的木頭基座，幾乎有三十呎高，上方是個鐵十字架。十字架是凱撒進犯時期留下的，爲的是向行旅之神致敬。雅各路線的朝聖者也遵照異教徒的傳統，習慣將從別處帶來的石子放在十字架基座上。我利用這荒廢村莊豐富的石頭資源，隨手撿起一片石板瓦。

我才剛下決心要走快點時，看到派特魯斯反而變更慢了。他檢查那些毀棄的房屋和坍塌的樹身，最後決定在一座矗立木十字架的廣場中央坐下。

「我們休息一下吧。」他說。

現在才剛剛下午，所以即使我們在這裡待上一個小時，也還有時間在夜晚之前抵達「鐵十字架」。

我在他旁邊坐下，凝視著空蕩蕩的四周。就像河水會改道一樣，人也會搬遷。這些房子都很結實，而且在坍塌成廢墟之前一定也撐了很長一段時間。這裡是一處遠山近谷的美麗所在。我自問究竟發生了什麼事，使人們離開這麼一個地方。

「你認爲蘇維洛．德．吉紐尼瘋了嗎？」派特魯斯問。

我甚至連蘇維洛是誰都記不得了，還得派特魯斯提醒我「高貴通道」的事。

「我不覺得他瘋了。」我回答。不過回答得沒什麼把握。

「呃，他是瘋了，就像阿豐索，那個你遇見過的僧侶。就像我一樣，你從我訂的計畫就可以看出。或者是你，像你在找你的劍。我們每個人內心都有瘋狂的火焰在燃燒，而火焰靠神愛來燃燒。

「瘋狂並不是指你想要征服美洲，或是像阿西西的聖方濟一樣同鳥兒說話。即使是街口的賣菜小販也可以展現出這種瘋狂的火焰，如果他喜歡他所做的事情的話。神愛要比我們一般的人類概念崇高，因此每個人都非常渴望它。」

派特魯斯對我說我懂得以「藍色球體練習」來喚起神愛。但是若要讓神愛源源不斷，我必須不害怕改變我的生活。如果我喜歡我所做的事，那很好；但如果我不喜歡，我總有時間可以改變。如果我讓改變發生，我就是將自己移轉到一處肥沃的田地中，而讓「創造性的想像力」在我身上播種。

「我所教你的每件事，包括神愛，都只有在你對自己滿意時才有道理。如果你對自己不滿意，那麼你學到的那些練習必會使你尋求改變。而如果你不想讓這些練習對你不利，你就必須要讓改變發生。

「人的一生中最困難的時刻，就是這時候：他親眼看見了那美好的仗，卻無法投身其中。當這種情況發生時，知識反而會害了擁有它的人。」

我看著荒廢的方塞巴頓城。也許這裡的人全都感覺到必須去改變一下。我問派特魯斯是不是故意選上這個地方，好對我說這番話。

「我不知道這裡發生過什麼事，」他回答道。「通常人們是必須接受命運迫使他們做出的改變，不過我說的不是這件事。我說的是一種意志力的行為，一種要和日常生活中不如人意的每件事作戰的具體意願。

「在我們的生命道途中，我們常會遇到難以解決的問題——比方說爬過瀑布而不摔下來。因此你必須讓創意的想像力去發揮作用。就你而言，瀑布是個生與死的狀況，而且也沒有時間考慮其他選擇，於是神愛就讓你看到那唯一的方式了。

「但我們生命當中，有些問題是要在兩者之間選擇的。日常的問題，例如生意上的決定、男女分手、社會義務等等。我們一生中所做的每個小小的決定，都可能是生與死之間的選擇。當你早晨離家去工作時，你可能會選擇一種使你安然抵達的交通工具；也可能是另一種會撞車而讓乘客送命的。這雖是一個誇張的例子，但也說明有時一個簡單的決定也會影響我們的後半輩子。」

派特魯斯說的時候，我也開始想到自己。我選擇了走往聖狄雅各之路去尋找我的劍。現在對我而言最重要的就是這把劍。而我不論用什麼方法都得找到它。我必須做出正確的決定。

「做出正確決定的唯一方法，是要知道錯誤的決定是什麼。」當我提到我所關切的事情後，他說。「你必須無懼而客觀地檢驗另外那條路，然後才做決定。」

接著，派特魯斯教了我「陰影練習」。

「你的問題是你的劍。」他說明這個練習之後說。

我表示同意。

陰影練習

● 完全放鬆。

● 以五分鐘的時間，仔細觀看你四周所有物體和人的影子。想辦法證明這些影子是物體或人的哪個部分投下的。

接下來的五分鐘繼續如此，但同時也專心集中在你想要解決的問題上。搜尋這個問題所有可能的錯誤解決方法。

●

最後再用五分鐘注視陰影，並思索還有什麼正確的解決之道。將這些方法逐一消去，直到最後那個唯一正確的方法留下來為止。

●

「那麼你現在就做這個練習吧。我要去散個步。等我回來以後，我知道你就會有正確答案了。」

我想起過去這幾天裡派特魯斯有多麼匆忙，但現在我們卻在這座廢棄的城市談了許久的話。我覺得他似乎想要爭取一些時間，好讓他也能對某件事做出一個決定。這一點使我很興奮，於是我開始做練習。

我先做一點「雷姆」呼吸法，讓自己和周遭環境取得和諧，接著我看一下手錶，確定十五分鐘後的時間，然後就開始觀看我四周的影子——傾圮的房舍、石頭、樹木和我身後十字架等等的影子。在端詳這些影子時，我才發現要知道哪個影子是哪個部分造成並不容易。以前我從未注意到這部分。有些房屋梁柱明明是直的，卻有尖角的影子；而一塊不規則形狀的石頭也能投射出外觀圓滑的影子。我仔細端詳十分鐘。這個練習十分引人入勝，要專心去做並不難。然後我開始思索要找到我的劍這個問題的各種錯誤答案。我心裡出現許多種想法——我想到搭巴士到聖狄雅各，又想到打電話給我妻子，運用某些溫情技倆套出她把劍放在什麼地方。

派特魯斯回來的時候，我正在竊笑。

「怎麼樣啦？」他問。

「我發現艾嘉莎．克莉絲蒂②是怎麼寫她的推理小說了，」我開玩笑說。「她把最錯誤的預感轉成正確的就行了。她一定也知道『陰影練習』。」

派特魯斯問我的劍在哪裡。

「首先我要告訴你，我在注視那些陰影時，所想出來的最錯誤的猜測是什麼，那就是劍不在往聖狄雅各之路上。」

「你眞是個天才。你推斷出我們一路走來就是要找到你的劍。他們不是在巴西就已經告訴你這一點了嗎？」

「它被放在一個我妻子不能進入的安全地方，」我繼續說。「我推斷那是個絕對公開的地方，不過那把劍會和它的周遭環境非常融合，使人看不到它。」

這次派特魯斯不笑了。我又說：

「由於最荒謬的事是它會在一個人多的地方，所以它一定是在某個幾乎可以說是已經荒廢的地方。最重要是，爲了讓看見它的人，不會注意到它和典型的西班牙劍之間的差異，它一定是放在一個沒有人懂得如何鑑別劍的樣式的地方。」

「你想劍是在這裡嗎？」他問。

「不在這裡。最最錯誤的事就是在放劍的地方進行這個練習了。所以，我很快就丟開這個預感。劍一定是在一個和這裡類似的城市，但那不可能是一座廢棄的城，因爲荒城中若有一把劍，就會引起朝聖者和路人的注意。它將會是酒吧內的裝飾品。」

「非常好。」他說。我可以看出他對我感到很驕傲——或者是對他教導我的練習成果感到驕傲。

「還有一件事。」我說。

「什麼事？」

「最不適合存放魔法師的劍的地方，就是凡俗的所在。劍必須存放在一個神聖的地方，比如說教堂，那裡沒有人敢去偷。所以，在聖狄雅各附近一座小城的教堂裡，人人都可以看得見，且與環境融合——我的劍就在這裡。從現在開始，我要去拜訪路上的每一座教堂。」

「用不著，」他說。「時候到了，你自然會知道。」

我都猜錯了！

「聽著，派特魯斯，為什麼我們先前匆忙趕了好長一段路，現在卻要在這座荒城花這麼多時間？」

「最錯誤的答案是什麼？」

我朝那些影子瞥了一眼。他沒有說錯。我們在這裡是有原因的。

太陽已經掩在山後，但距離夜幕完全降臨還有幾個小時。我在想，這時太陽可能正照射在「鐵十字架」上。那十字架只有幾百碼之遙，我還眞想看一眼。我也想知道為什麼我們一直在附近等待，這整個星期每天都走得很快，唯一的理由是我們必須在這一天的這個時刻置身於此。

我想談話打發時間，但是看得出來派特魯斯很緊張，且有心事。我看過派特魯斯心情低落也有不少次了，不過不記得他曾經這麼緊張過。後來我想起來了，倒是有一次見過他這個樣子。那是在一個我已記不得名字的小鎮上，是一天早晨吃早餐時，就在我們要碰到……

我看了看我的左邊。牠就在那裡：那隻狗！那隻把我撞倒在地的惡犬、那隻後來又立刻逃跑了的膽小狗。派特魯斯答應說如果我們再遇見牠，他將會幫我，於是我轉身要找我的嚮導，他卻不見了。

我盯著狗的眼睛，一邊慌亂地想找出對付現況的方法。我們兩個都沒有動，在一段短暫片刻，使我想到西部片中荒城決鬥的場面。但是在那些電影中，誰也想不到居然讓一個人和一隻狗對抗，簡直是可笑。可是我卻在這裡，面對一個連小說都嫌離譜的現實。

「軍團」就在那裡，牠之所以被如此命名，是因爲牠有許多分身。旁邊是一幢棄置的房屋。如果我突然衝進去，我可以爬上屋頂，而「軍團」就追不上來了。我竟然被一隻狗的出現和牠出現所隱含的意義搞得進退不得，說來眞荒唐。

我的眼睛仍然盯著牠，但是我立刻決定絕不逃走。一路上我曾多次擔心這個時刻，此刻它已然來臨。在我找到劍之前，我必須和我的敵人正面對決，不是把牠消滅，就是被牠打敗。除了上前迎戰外，別無選擇。如果我現在逃走，就落入陷阱之中。很可能這隻狗再也不會出現，但是我在往康波史泰拉的聖狄雅各之路上，將始終受制於恐懼和憂慮了。甚至以後我也會夢到這隻狗，害怕牠會在任何時刻再次突擊，並且終生都要驚恐過日。

當我在想這些事的時候，這隻狗朝我走來。我立刻停止思考，將注意力放在這場即將展開的戰鬥。派特魯斯已經走了，我又獨自一人。我害怕極了。當我感受到這股恐懼時，這隻狗也開始走近，邊發出低沉的咆哮聲。低沉的咆哮聲要比大聲的狂吠更讓人戰慄，我也更感到害怕了。狗看到我眼中的軟弱，便朝我一躍而上。

就像一塊大石頭朝我胸口砸來一樣。我跌倒在地，牠開始咬我。我模糊記起那一幕我已經明白的自己死亡的場景，但那不是現在這幕景像，即使如此，我的恐懼仍在增長，我無法控制。我開始反抗，僅為了保護我的臉和喉嚨。腿上一陣劇烈的疼痛使我身體縮了起來，我看到有些肉已經被撕下。我雙手離開頭和喉嚨，伸向傷口。狗一見這情形，就開始攻擊我的臉。就在這時，我的手摸到身旁一塊石頭，我抓了它，使盡全力去打狗。

牠倒退了些，與其說是因為受傷之故，不如說是因為被我的舉動給嚇了一跳，於是我乘機站了起來。狗繼續後退，沾著血的石頭也給了我勇氣。我太看重敵人的力量了，這是個陷阱。牠不可能有我強壯。牠也許比較靈活，卻不可能比我強，因為我比牠重，也比牠高。我的恐懼減少了些，不過我仍無法控制自己。此時我手上有石頭，便開始對牠怒喊。牠又退了幾步，然後突然停住。

牠好像看穿我的心事了。我雖在慌亂中卻也開始感覺到自己十分強壯，同時我也開始認爲和狗打架實在太可笑了。一股能量突然湧上，一陣熱風也開始吹進這座荒城。然後我對這整件事開始深感厭煩了；無論如何，我只需再在牠頭上打一記就贏了。我希望事情立刻結束，我好包紮傷口，把這樁什麼劍呀、往聖狄雅各之路的荒唐事作個了結。

但這卻是另一個陷阱。這隻狗又衝向我，再一次把我撞倒在地。這次牠輕易就避開石頭了，因爲牠一口咬住我的手，使我鬆手丟開石頭。我用手去打牠，卻沒有造成什麼重大損傷。我的拳頭唯一做到的是讓牠不要再咬我而已。牠尖利的爪子開始撕咬我的衣服和手臂，我看得出牠全面進攻只是時間問題。

突然我聽到內心有個聲音。那個聲音說如果狗能夠掌控我，這場戰鬥就可以結束，我也就得救了：雖然打敗，但是卻還是活著。我的腿好痛，整個身體因爲腿的裂傷而刺痛。那個聲音堅持要我放棄，我認出是誰的聲音了：是我的使者艾斯特蘭在對我說話。狗停了一會兒，彷彿牠也聽到同樣的聲音，而我也再一次想把整件事拋開。艾斯特蘭在我們的交談中告訴過我，很多人在一生中都沒能找到他們的劍，但那又有什差別？我想要做的是回家、陪在我妻子旁邊，養兒育女，做自己喜歡的工作。跟狗打架、爬瀑布，這些荒唐事也夠多了。這是這種想法第二次出現，不過此刻想放棄的念頭比之前更強，我確定我會投降的。

荒城街上傳來一陣聲音，引起這隻狗的注意。我往發出聲音的方向看去，一個牧羊人正帶著放牧的羊群從田野回家。我記起我曾經看過這幕景象，那是在一座古城堡的廢墟中。狗一見到羊群，從我身邊跑開，準備朝牠們攻擊。我可要獲救了。

牧羊人開始高喊，羊群立刻四散奔逃。狗還沒有完全走遠，這時候我決定拖延牠一陣子，讓羊隻有時間逃走。於是我抓住狗的一隻腿。心中出現一個荒謬的想法，也許牧羊人會過來幫忙我，一時間我對劍的希望和「雷姆」的力量也重返我心中。

狗想掙脫，這時我已經不再是敵人，而是個妨礙了。牠現在的目標正在牠前面：那些羊隻。但是我仍然抓住這隻狗的腿，等待一個不肯過來的牧羊人，而突然間我希望那些羊不要逃跑。

就是這件事救了我的靈魂。一股強大的力量注入我的體內。它不再是使人厭倦了戰鬥而想放棄的那種力量的幻覺。艾斯特蘭又在向我低語，不過這次說的完全不一樣。他說我應該拿別人挑戰我的相同武器去對抗世界，而要對抗一隻狗，唯有把自己變成狗才行。

這就是派特魯斯那一天談到的瘋狂。我開始感覺到自己是一隻狗。我齜牙咧嘴，發出低沉的咆哮聲，恨意也從我發出的聲音中流出。我看到一旁牧羊人那張驚駭的臉孔，也感覺到羊群怕我的程度和怕狗一樣。

「軍團」也看到這種情形，於是也變得害怕起來。接著我就攻擊牠。這是這場戰鬥中我頭一次如此。我用牙齒和指甲攻擊牠，想去咬牠的喉嚨，這原本是我害怕牠對我做的事。內心只感受到一股強大的求勝渴望。其他的事全都不重要了。我跳到這隻動物身上，把牠壓到地上。牠拚命想掙脫我身體的重壓，並且用腳爪抓我的皮膚，但是我也對牠又咬又抓。我可以感覺到如果牠從我身子底下脫身的話，牠就會跑掉，但我再也不要讓這種情形發生了。今天我要徹底把牠打敗。

這動物眼中開始現出恐懼。如今我變成了狗，而牠似乎變成了人。我昔日的恐懼此刻在牠身上作用了。這股恐懼強烈得足使牠能夠慢慢從我身體下面鑽出，不過我讓牠困在一幢廢棄房屋的地下室內。低矮的石板牆後就是懸崖，牠無處可逃。牠就要在這裡迎向自己死亡的臉。

我突然開始覺察到有些地方不對勁。我的思慮變得模糊，也開始看到一張吉普賽人的臉，旁邊有許多模糊的影像舞動著。我把自己變成「軍團」了。這就是我力量的來源。那多面貌的魔鬼拋下前一刻幾乎要墜入深淵的那隻可憐、害怕的狗，此刻進到我身體中。我感到一陣強烈的渴望，想去消滅這隻沒有抵抗力的動物。「你是國君，他們是軍團。」艾斯特蘭低語。但是我不想做國君，而且我聽到遠方傳來我師父的聲音。他一再說我要去贏得一把劍，我必須再抵抗一分鐘。我不可以殺死這隻狗。

我轉過頭去看牧羊人。他的表情證實了我的想法。現在他怕的也不是狗，而是怕我了。

我開始感到眩暈，四周景物也跟著打轉。我不能讓自己昏過去。如果我現在昏倒，「軍團」就會贏了。我必須找到一個辦法。我不再和一隻動物打鬥，而是和掌控我的力量對抗。我感覺雙腿開始無力，便靠著一堵牆，而牆卻在我身體重量靠過去時應聲倒下，終於我跌在石頭和木片當中，臉貼著塵土。

塵土。「軍團」就是塵世，也是塵世的果實——是好的果實，也是壞的果實，總之都是塵世間的。它的屋室在塵世間，不是它統治塵世，就是塵世統治它。神愛在我內心爆開，我把指甲伸進土裡。放聲大喊，喊叫聲和我與狗第一次見面時一樣大聲。我感覺到「軍團」從我身體通過，進到土地當中。我體內是神愛，「軍團」不想被充滿我身心的神愛吞噬。這就是我的意志力。這股意志力使我用僅存的氣力對抗昏迷，是神愛的意志力在我靈魂中停駐，並且抵抗。我整個身子在顫抖。

「軍團」直直墜入塵土中。我開始嘔吐，不過我覺得那是神愛，它在成長，並從我全身的毛孔中離開我。我的身體仍舊發抖，過了很久以後，我感覺到「軍團」已經回到它的領域。

我可以感覺到牠最後一點身形穿出我的手指。我掛著傷，身心俱疲地坐在地上，望著眼前這幕荒謬的景象：一隻狗正流著血，不斷搖著尾巴；一個驚駭的牧羊人正瞪著我。

「一定是你吃壞了什麼東西的關係，」牧羊人說，他不想相信眼前所見的一切。「不過現在你既然已經吐了，就會舒服多了。」

我點點頭。他謝謝我管住了「我的」狗，便和他的羊群走遠了。

派特魯斯出現，但沒說什麼。他把襯衫撕下一片布，當作我腿上的止血帶，因爲我的腿流了很多血。他要我檢查身上其他的傷勢，我回答沒什麼大礙。

「你看起來很糟，」他笑著說。他似乎又恢復了好心情。「你這樣子我們不能去參觀『鐵十字架』了。那裡可能會有遊客，看到你這樣子會嚇壞的。」

我不在意他的話。我站起來，拭去身上的塵土，發現自己還可以走路。派特魯斯建議我做「雷姆」呼吸練習，便拎起我的背包。我做了練習，恢復與世界合而爲一的感覺。再過半小時，我就會在「鐵十字架」那裡了。

總有一天，方塞巴頓會再度從廢墟中崛起。「軍團」在這裡留下許多的力量。

①阿方索三世（Alphonse III，848-910？），由於征服摩爾人，因此得名「阿方索大帝」（譯者註）。

②艾嘉莎·克莉絲蒂（Agatha Christie，1890-1976），英國偵探小說家，較著名的作品有：《捕鼠器》及《東方快車謀殺案》等（譯者註）。

命令與服從

派特魯斯背著我到「鐵十字架」。我腿上的傷勢使我無法行走。當他了解那隻狗造成的傷勢之後，他決定讓我休息到傷勢復原可以繼續上路爲止。附近有座小村莊，可提供趕不及在天黑前翻過山嶺的朝聖者住宿，派特魯斯在一個鐵匠家找了兩個房間。

我住的房間有個小小的外廊，這是我們這一路上從未見過的建築形式。從這外廊上可以看到往聖狄雅各的路上我們早晚都會行經的山脈。我躺在床上，一睡就睡到隔天。雖然起來時感覺有點發燒，卻也舒服多了。

派特魯斯從這一帶村民喚作「無底井」的山泉打些水來，清洗我的傷口。下午他和一位住在附近的老婦人到我房間。他們把幾種不同的藥草敷在我的傷處和裂口上，老婦人又要我喝些苦茶。派特魯斯一定要我去舔那些傷口，直到傷口完全癒合。我至今仍然記得我的血那帶有甜甜及金屬味的味道，那味道令人反胃，但是我的嚮導說口水是強力的消毒劑。

第二天，高燒再起。派特魯斯和老婦人又拿茶給我喝，也再次把草藥塗在我的傷口上。但發燒仍然持續，雖然熱度不很高。我的嚮導決定到附近一處軍事基地，看看能不能弄到一些繃帶，因爲這整座村子都找不到紗布和膠帶。

幾小時後，派特魯斯帶著繃帶回來了。一位年輕軍醫陪著他，軍醫一定要知道攻擊我的動物在哪裡。

「從咬傷的類型看來，那隻動物是狂犬。」他告訴我。

「不是不是，」我說。「我只是在和牠玩，牠一時失去控制了。我認識那隻狗很久了。」但軍醫不相信。他堅持要我打狂犬病疫苗，我只得讓他施打至少一劑量的疫苗，不然的話他就要把我轉送到基地醫院。過後他又問起那隻動物在哪裡。

「在方塞巴頓。」我回答。

「方塞巴頓是座廢墟。那裡沒有狗。」他說，口氣是那種發現我在說謊的語氣。

我開始呻吟，彷彿很痛苦的樣子，於是派特魯斯將年輕醫官帶出房間。不過他倒是留下我們會用到的每樣東西：乾淨的繃帶、膠帶和止血劑。

派特魯斯和老婦不肯使用止血劑，他們用紗布和草藥把傷口包起來，這使我很高興，因爲那表示我不用再去舔狗咬我的部位了。夜裡他們都跪在我的床邊，把手放在我身上，大聲爲我祈禱。我問派特魯斯在做什麼，他含混地說到神的恩典和往羅馬之路。我就要他多告訴我一些，但他沒再多說什麼。

兩天後，我已經完全恢復。這天早上我從窗戶望出去，看到有些軍人正在搜索附近房舍和村莊周的山間。我問其中一名軍人發生什麼事了。

「這附近有隻得狂犬病的狗。」他回答。

這天下午，收容我們住宿的鐵匠主人來找我，希望在我能夠盡快離開。這件事已經在村子裡傳開來，村民害怕我得狂犬病，把病傳染給別人。派特魯斯和老婦人與鐵匠爭論半天，但他不爲所動。甚至堅稱看到我睡覺時嘴角流出一道泡沫。

我們無法讓他相信人在睡覺時都會流點口水。當天晚上，派特魯斯和老婦人不停爲我禱告，第二天，我仍然有點跛，卻也再度走上往聖狄雅各的奇異道路了。

我問派特魯斯，有沒有擔心過我可能無法復原。

「關於往聖狄雅各之路有一種默契，我以前沒有告訴你，」他說。「一旦朝聖之旅展開了，唯一可以中止它的理由就是疾病。如果你的傷勢無法復原，而又持續發燒，那就是個徵兆，告訴我們朝聖之旅到此爲止。」

但是他有點得意地加上一句，說他的祈禱已經應驗了。而我相信這個結果對他和對我都同樣的重要。

現在是下坡路了，派特魯斯又告訴我，往後兩天也都是這樣的路。我們恢復一貫的行程，且在每天下午太陽光最強烈的時候睡午覺。由於我綁著繃帶，派特魯斯便替我背背包。我們不再趕路了：我們趕著去迎接的那場接觸已經結束。

我的心情每小時都在調適，而我也頗爲自得：我爬過一道瀑布，又打敗了路上的魔鬼。現在只剩下最重要的任務：找到我的劍。我向派特魯斯提起這件事。

「你的勝利的確很美麗，不過以最嚴格的意義來說，你是失敗的。」他說，澆了我一大桶冷水。

「怎麼說呢？」

「知道接觸的確實時刻。我必須催促我們往前走，訂下嚴格的步調，而你卻只想到我們在追逐你的劍。如果你不知道什麼時候會遇見敵人，要這把劍有什麼用？」

「劍是我力量的工具。」我回答。

「你太惦念你的力量了，」他說。「瀑布啦、『雷姆』練習啦、和你的使者對話啦——這些全都使你忘記你還有敵人要消滅。也忘記你和他的接觸在即。在你的手能揮劍之前，你必須找出敵人在哪裡，以及如何去對付他。劍只能揮砍一次，而手卻在劍揮出之前，就已經決定了勝負。

「你並沒有用你的劍就打敗了『軍團』。這趟的搜尋中有項祕密，而這項祕密是你到現在都還沒學會的。如果你學不會，你永遠也找不到你在找的東西。」

我沒有回答他。每次我一開始感覺自己接近目標，派特魯斯就非得一再提醒我，說我只是個單純的朝聖者，而我總需要別的東西才能找到我正在找的東西。幾分鐘前，當我們還沒有展開這番對話前我所感到的快活，此刻已消失得無影無蹤。

7

我再次從往聖狄雅各之路出發，卻徹底洩了氣。在我走著的這同一條路上，過去一千兩百年中有數百萬人走過，他們走到康波史泰拉的聖狄雅各，再從那裡回來。對他們來說，到達他們想去的地方只是時間的問題。對我來說，「傳統」教會所設下的陷阱卻永遠在我路上放下另一個障礙，並給我一個新的考驗。

我對派特魯斯說我累了，於是我們就坐到一處樹蔭底下。沿著道路，樹立許多巨大的木頭十字架。派特魯斯把兩個背包放在地上，然後又說：「我們的敵人永遠代表了我們的弱點。也許是害怕肉體疼痛，也可能是一種過早的勝利感或是放棄第一戰的意願，因爲我們認爲這場爭戰不值得費力氣。

「我們的敵人會參戰，因爲他知道他能夠傷害我們，並在我們驕傲地認爲絕對打不敗的地方傷害我們。在戰爭中，我們永遠都想要保護我們的弱點，於是敵人就轉而攻擊那疏於防守的一面——也就是我們最有信心的一面。最後我們就被打敗了，因爲我們讓絕對不該發生的事發生了：我們讓敵人去選擇戰鬥要如何進行。」

派特魯斯描述的每件事情，在我和那隻狗的戰鬥中都發生過，不過我告訴他，我無法接受我有那麼多的敵人，而我必須和他們作戰的說法。我說當他提到那美好的仗時，我以爲他指的是爲追求人生成就而打的仗。

「沒有錯，」他說。「不過美好的仗並不全都是這些。打仗不是罪，而是愛的舉動。敵人會使我們增長，使我們敏銳，就像那隻狗對你的幫助一樣。」

「好，這一點我了解。但是讓我們回到原先的話題。爲什麼你好像永遠都不會滿意我所做的事？我總感覺你對我處理事情的方法都有意見。而且你不是要告訴我，那把劍的祕密嗎？」

派特魯斯回答，這是我在展開朝聖之旅前就應該知道的。他繼續說到敵人的事。

「我們的敵人是神愛的一部分，他們的存在是要考驗我們的了解、我們的意願，以及我們對劍的處置。敵人在我們的生命中——我們在他的生命中——都是有目的的。而這個目的必須要達成。因此逃避戰鬥是最糟糕的事，比打敗了還要糟，因爲我們永遠可以從失敗中學到一些東西，但如果我們逃開，我們所做的就只是宣布我們的敵人打贏勝仗而已。」

我說聽他這樣講嚇了我一跳，一個讓人感覺與耶穌如此親近的人竟然如此提到暴力，使我頗爲驚異。

「想想看耶穌爲什麼會如此需要猶大，」他說。「祂必須選擇一個敵人，否則祂在世間的仗，就無法被稱頌、榮耀。」

路上這些木頭十字架證明了那些榮耀是如何得來的：是用鮮血、反叛和背棄換來的。我站起來說，我已經可以走了。

一邊走著，我又問他在戰鬥情況中，一個人能打敗敵人最大的力量來源是什麼。

「每一個當下。經由我們此時此刻所做的事，是最能防衛自己的方法，因爲熱切的神愛和求勝心就是存在於每一個當下。

「還有一件事我必須說明白：敵人很少是邪惡本身。他是日常所見的東西，而且敵人使我們的劍不會在劍鞘中生鏽。」

我想起有一次我們正在蓋一幢夏季別墅，我妻子突然想改變其中一個房間的位置。而要我把這個令人不快的消息告訴營造商。於是我只好打電話給這位年約七十歲的老先生，並且告訴他我想要怎麼做。他看了看平面圖，考慮一下，想到一個更好的解決方法，正好可以利用到他已經在蓋的一面牆。我妻子很喜歡他的主意。

也許派特魯斯想要描述的就是這種情形，只不過他講得比較複雜。也就是說，我們必須利用目前所做事情的推動力去打敗敵人。

我告訴他關於那個營造商的故事。

「生活教導我們的，要比往聖狄雅各之路來得更多，」他回答。「只是我們對生活所教導的一切，沒有多大信心。」

在雅各路線的這一帶，一路上都有十字架。十字架是用非常粗大而沉重的木頭做成，當初那些立十字架的朝聖者必然擁有幾近超人的力氣。十字架每隔三十公尺便樹立一個，一直綿延到目力所及之處。我問派特魯斯它們做什麼用。

「是一種古老而過時的刑具。」他說。

「但是它們爲什麼出現在這裡？」

「它們一定是做爲某種誓約之用。我怎麼知道？」

我們在一根倒下的十字架前停住。

「也許是木頭腐爛了。」我說。

「這根木頭和其他所有木頭一樣，別的木頭都沒有爛。」

「那一定是它埋得不夠深。」

派特魯斯停下腳步，四下張望。然後把背包放到地上，坐了下來。幾分鐘前我們才停下休息過，我不明白他要做什麼。我也本能地四下張望，心想會不會看到那隻狗。

「你已經打敗那隻狗了，」他說，他知道我在想什麼。「不用擔心死者的鬼魂。」

「那我們爲什麼要停下來？」

派特魯斯作勢要我安靜，幾分鐘內我都沒有說話。我感受到昔日對那隻狗的恐懼，而決定還是站著，希望派特魯斯能說些話。

「你聽到什麼了？」他問我。

「什麼都沒有。一片寂靜。」

「我們不夠聰明，根本聽不見寂靜！我們只是人類，我們甚至連自己的漫談要如何去聽都不會。你從沒問我怎麼知道『軍團』即將來臨。現在我告訴你：就是傾聽。那聲音在許多天前就已經開始了，那時我們還在阿士托加。從那時候起，我就加快腳程，因爲所有的指示都指向我們在方塞巴頓會遇見牠。你和我一樣聽到同樣的聲音，但是你沒有傾聽。

「每件事都包含在聲音裡——過去、現在和未來。不懂得傾聽的人，永遠也不會聽到生命時時刻刻提供給我們的勸告。唯有傾聽當下聲音的人，才能夠做出正確的決定。」

派特魯斯要我坐下，忘記那隻狗。他說他要教我往聖狄雅各之路上最容易、也最重要的修行之一。

於是他向我解說「傾聽練習」。

「你現在就做。」他說。

我開始練習。我聽到風的聲音，和遠處一個女人的聲音，有一刻我還感覺到一根樹枝正折斷了。這不是個困難的練習，它的簡單也使我著迷。我把耳朵貼在地上，開始傾聽大地沉默的聲音。過了一段時間後，我開始能分辨不同的聲音了：樹葉的沙沙聲、遠處的人聲、鳥兒振翅的聲音。有隻動物發出低沉的咕嚕聲，不過我認不出是哪種動物。做這個練習的十五分鐘迅速飛逝。

傾聽練習

放輕鬆。閉上眼睛。

● 以幾分鐘時間，將注意力集中在周圍環境所聽到的任何聲音，就像你正在聽樂團的樂器演奏。

● 漸漸試著分別出各種聲音。專注在每一種聲音上，就像只有這種樂器在演奏一樣。想辦法在你的知覺中，除去其他的聲音。

● 每天做這個練習，你將開始能聽到人的聲音。最初你會以為那是你的想像，之後你就會發現那是你過去、現在和未來中的人的說話聲，他們全都加入你對時間的記憶中。

● 這個練習，只能在你已經認得你使者的聲音之後才可以嘗試。

一次做十分鐘。

●　●

「過段時間以後，你就會知道這個練習可以幫助你做出正確的決定。」派特魯斯說，他沒問我聽到什麼。「神愛會經由『藍色球體練習』對你說話，它卻會透過你的視覺、你的觸覺、氣味，你的心和你的聽覺，對你說話。從現在起，最多一個星期，你就會開始聽到人聲。起先它們會很害羞，但不用多久它們就會開始告訴你重要的事情。要留心你的使者。他會想混淆你。不過你已經認得他的聲音，所以他不再是個威脅了。」

派特魯斯問我有沒有聽到一個敵人欣喜的叫喊，或是一個女人的邀請，或是我的劍的祕密。

「我只聽到遠方有個女人的說話聲，」我說。「不過那是個農人的妻子，正在呼喚她的小孩。」

「好，你看著那邊那個十字架，看能不能用你的思想把它抬起來。」

我問他這種練習代表什麼意義。

「它表示對你的思想具有信心。」他答道。

我以瑜珈姿勢坐在地上。我很確定在我和那隻狗及瀑布的周旋中所完成的每件事之後，我也能夠做到這件事。於是我專注於十字架上。我想像自己離開了軀體，抓住十字架，利用我的靈體把它舉起來。在「傳統」教會的路上，我已經行過一些這類的小小「奇蹟」。我能夠震碎玻璃杯和磁像，並且使物體在桌面移動。那是很容易的法術，雖然不代表有什麼了不起的力量，但在勸服不信的人時卻很管用。不過我倒沒有試過這十字架一樣大小、重量的東西。如果派特魯斯命令我去做，我覺得我應該做得到。

有半個小時時間，我試遍了各種能用的方法。我試了靈氣水位法和暗示法。我又想到我師父擁有對抗重力的能力，於是我照著他一向用在這種場合的字句念出來。沒有任何動靜。我凝神專心，但是十字架不爲所動。我召喚艾斯特蘭，他在火柱中間出現。而當我和他說起十字架的事情時，他說他討厭十字架。

派特魯斯終於把我從恍惚狀態中搖醒。

「別這樣，這樣會教人生氣，」他說。「因爲你不可能用思想做到。去用你的雙手把十字架扶正。」

「用我的手？」

「去做呀！」

我嚇了一跳。眼前這個人突然變得令人討厭，和照料我傷勢的那個人是多麼地不同！我不知道該說什麼或該做什麼。

「去做！」他又說。「我命令你去做！」

我雙手雙腳因為狗的攻擊包著繃帶。我也才剛做過「傾聽練習」，可是我不能相信我聽到的話。我一句話也沒說，只給他看了看我的繃帶。可是他依然冷冷地看著我，臉上表情絲毫未改。他要我服從他的命令。這段時間一直陪著我的那個嚮導和朋友、那個教我做「雷姆」練習而告訴我許多關於往聖狄雅各之路的美麗故事的人，似乎已經不存在了。取代的是視我為奴隸、又命令我去做蠢事的人。

「你還在等什麼？」他問。

我想起在瀑布的那次經驗。我記得那天我先是對派特魯斯有些疑慮，但是後來他又對我非常寬厚。他展現了他的愛，使我不放棄追尋我的劍。我無法明白一個曾經這麼善良的人現在怎麼變得這麼惡劣。突然間，他像是代表了人類正努力想拋棄的一種典型——人對人的欺壓。

「派特魯斯，我……」

「快去做，否則『往聖狄雅各之路』就在這裡結束！」

我再次害怕起來。這時，我比在瀑布時還要害怕，對他比對那隻嚇了我好久的狗還要恐懼。我祈禱我們周圍什麼地方會有個訊號向我顯示，讓我看到或聽到什麼東西，可以解釋他這沒有道理的命令。我們被一陣沉默吞噬。我不是必須服從派特魯斯，就是忘了那把劍。我再次舉起包著繃帶的手臂，而他卻坐在地上，等著我執行他的命令。

我決定服從他。

我走到十字架那裡，試試用腳推動，看看它有多重。它幾乎動也不動。就算我的雙手狀況很好，把它抬起來也會很困難；更何況雙手包成這樣，這工作幾乎是不可能的。但是我會照做。我會死在這種嘗試中，如果必要的話；我會流出鮮血，就像耶穌所承擔的那樣。派特魯斯會看到我眞誠的努力，也許那樣可以打動他，不再讓我繼續這個考驗了。

十字架底部折裂了，不過仍然沒有斷開。我沒有刀可以割斷木頭的纖維。我忘掉自己的疼痛，用雙手繞住十字架，想把它拉扯開已毀損的底部。木頭刮到我手臂上的裂口，痛得我大叫。我看著派特魯斯，他無動於衷。我決心再也不要叫喊出聲。從這時起，我要壓抑這種表現。

我知道當務之急不是搬動十字架，而是把它和底部分開。之後我再去挖個洞，把十字架豎起來。我找到一塊銳利邊角的石頭，不顧疼痛開始往木頭纖維上搗。

疼痛十分難受，而且每搗一次就更劇烈，纖維斷開得很慢。我必須立刻放棄這種方法，否則傷口會再次裂開，所有的努力將化爲烏有。我決定要放慢速度，好讓自己在不引起疼痛的情況下完成工作。我脫下襯衫包住手，再帶著這層額外保護回到工作上。這個主意不錯：第一根纖維斷開了，接著是第二根。石頭的銳利邊角磨平了，於是我四下張望再找來另一個來。每當我停下時，都讓我覺得無法再開始。我一起找來數個銳利的石頭，一個一個地用，使我出力的那隻手的疼痛讓人可以忍受。幾乎所有的木頭纖維都被砍斷了，只有一束主要的纖維還牢牢連著。我手的疼痛加劇，這時我放棄慢慢敲打的念頭，開始狂亂地敲擊。我知道我已經快痛得打不下去了，這是遲早會發生的事，我必須善加利用這段時間。現在我又鋸又打，在我皮膚和繃帶間某種黏黏的東西使這個工作更加困難。可能是血吧，我想，但後來我就將它拋諸腦後了。我咬緊牙，更用力地打在纖維上，它似乎就快斷裂了。我興奮得站起來，用盡全力對著這個害我受罪的木頭揮打過去。

十字架悶哼一聲倒下，和它的底部分開了。

我的欣喜只維持了短暫。我的手感到一陣陣劇痛，而我才剛開始要立十字架這件事。

我轉頭去看派特魯斯，發現他已經睡著了。我站在那裡一段時間，想找出一個騙他的方法，趁他不注意時就立起十字架。

但這正是派特魯斯所樂見的：要我立起十字架。而我根本沒有辦法騙他，因爲這個工作完全要仰賴我一人。

我看著地面——乾燥的黃土。這次，石頭又成爲我唯一的工具。我不能再用右手工作，因爲右手很痛，繃帶下面那黏黏的物質也讓我擔憂。我小心翼翼地把繃帶上的襯衫打開，只見鮮血已經染到紗布上了——這還是個幾乎快癒合的傷口呢。派特魯斯簡直是怪物！

我找到一個不一樣的石頭，比較重也比較耐磨。然後把襯衫纏住左手，開始拿石頭在地上挖，想在十字架下方挖個洞。起初進展順利，很快卻因地面的乾硬而速度慢了下來。我挖了又挖，洞似乎都是同樣深。我決定不要把洞挖得很寬，這樣十字架就會剛好塞進洞中，而不會左右搖晃，但是這樣卻不易把泥土從洞裡取出來。我的右手已經不痛了，凝結的血液卻使我噁心，也焦慮不安。我不習慣用左手做事，石頭老是從手裡滑掉。

我沒完沒了地挖著！每當石頭打在地面時，每當我伸手進入洞裡把泥土掏出來時，我都想到派特魯斯。我回過頭去看他，他正睡得很平靜呢，我打心底怨恨他。挖地的聲音和我的恨意似乎都沒有干擾到他。「他一定有他的理由。」我對自己說，只是我不明白他加在我身上的貶抑和羞辱是什麼意思。我在敲打著的地上看到他的臉，我感受到的怒氣幫助我把洞挖得更深了。這次又是個時間問題：遲早我都會贏的。

我正想著這些，石頭敲中一個堅硬的東西，彈了回來。這是我最害怕的事。辛苦了那麼久，我卻碰到一個大到我無法繼續下去的石塊。

我站起來抹去臉上的汗水，開始思索。我沒有足夠的力量把十字架搬到別的地方。我也不可能重頭再來一次，因爲我的左手在停下工作後，已經變得像死了一樣沒感覺。這要比疼痛更糟，而且也眞的嚇壞了我。我看看手指頭，手指頭還可以動，但是直覺告訴我不應該再懲罰我的手了。

我又看看地上的洞，深度不夠支持十字架的站立。

「錯誤的答案會指示出正確的答案。」我想起「陰影練習」和當時派特魯斯所說的話。他告訴我「雷姆」練習會有道理，只要我能夠把這種練習運用在日常生活當中，那也是那個時候的事。即使在一個像現在這麼荒謬的情況下，「雷姆」練習也應該有些用處。

「錯誤的答案會指出正確的答案。」不可能的方法是把十字架拖到另一個地方；我沒有力量做這件事了。想要把地上的洞挖深一點也是不可能的事。

所以，如果挖得更深是不可能的，把土堆高就是可能的了。但那要怎麼做？

突然間，我恢復了對派特魯斯的愛。他說得對。我可以把土堆高！

我開始撿拾附近所有的石頭，把它圍繞在洞口，並且用我搬出來的泥土與之混合。我再使更大的勁把十字架腳抬起一點，墊在石頭上，讓它抬離地面。半小時後，地面高出許多了，洞也變得夠深了。

現在我只要把十字架插進洞裡就行了。這是最後一步，我必須成功。我一隻手已經麻木了，另一隻手也非常痛；兩隻胳臂都包著繃帶。不過我的背還算好，只有一點刮傷。如果我能躺在十字架下面，一點一點把它抬高，就可能讓它滑進洞裡。

我張開四肢趴在地上，感覺到鼻子和眼睛上的塵土。我用麻痺了的那隻手將十字架抬起一點點，然後身體滑到底下，再小心翼翼調整我的位置，讓十字架的架身直直地安放在我的背上。我感覺到它的分量，也知道要抬起來很沉重，但這並不是不可能。我想到「種子練習」，於是緩緩蠕動成胚胎的姿勢，使我背上的十字架能夠平衡。有好幾次我都以爲它要掉落了，不過我還是慢慢在調整，我可以感覺到它可能朝向那個方向，也重新修正我的姿勢。終於我做到了最理想的姿勢，膝蓋在我前方，十字架也在背上平衡了。十字架的腳在石頭堆上搖晃了一下，不過沒有落到位置之外。

「好在我用不著拯救全宇宙。」我想，十字架的重量和它所代表的一切使我感到壓迫。一股深深的宗教感占據我全身。我想起另一個人也曾在肩頭背著十字架，他受傷的手也和我一樣無法離開十字架和疼痛。這種宗教情懷還帶有疼痛，不過我立刻就忘掉了，因爲十字架開始再次搖動。

接著，我慢慢抬起身體，展開一段重生過程。我無法看到背後的情況，聲音是我唯一的定位方式。幸好之前我剛學到如何傾聽世界，彷彿派特魯斯已經猜到我會需要運用到它。我感覺到十字架的重量，也察覺石頭與石頭間在互相調適配合。十字架一點一點地升起，似乎也在幫助我通過這項考驗。彷彿十字架本身也想回到原來的位置，立在往聖狄雅各之路上的路邊。

現在只需要最後的一點推力了。如果我能讓自己成坐姿，十字架就可以從我背上滑進洞裡。有一兩顆石頭鬆落了，不過現在卻是十字架在幫我，因爲十字架的腳仍然靠在我堆起石堆的位置上。最後，我背上傳來一股拉力，表示洞邊已經沒有阻礙。現在是最關鍵的時刻，就像我在瀑布那裡必須衝過激流一樣：最困難的時刻，因爲這個時刻我們會害怕失敗，而想在失敗發生前放棄。我又一次察覺到整件事情的荒唐：明明我要做的是找到我的劍，現在我卻拚命豎起一個十字架。不過這些念頭全都不重要了。我突然把背一抬，十字架便往下滑。這一刻我再次發現命運一直在指揮我所做的事。

我站在那兒，料想十字架會往其他方向倒下，把我放置的石頭全部打散。又或者因爲我的力量不夠，十字架會再倒下壓到我身上。不過我聽到的是一個東西撞進洞底的模糊聲音。

我小心翼翼轉過身。十字架直立著，仍因撞擊的力量而抖動著。有些石頭從石堆坡上滾下，不過十字架不會倒了。我很快把石頭推回原位，並且抱住十字架，讓它不再搖晃。我感到精神奕奕，全身發熱，而且確信這個十字架在這過程中始終是我的朋友。我慢慢走開，一邊用腳去鞏固石頭擺放的位置。

我站在那裡久久欣賞著自己的成果，直到我的傷口開始抽痛起來。派特魯斯仍然在睡。我走過去，用腳推了推他。

他驚醒過來，看著十字架。

「很好，」他只說這兩個字。「到了龐費拉達（Ponferrada），我們再換一下繃帶。」

傳統

「我還不如去抬一棵樹。我背上的十字架讓我覺得，我對智慧的搜尋會成爲我的死亡之路。」

我看著周遭環境，這番話聽起來有點空寂。十字架事件已成歷史，彷彿不是前一天的事，而是發生在很久以前。它和黑色大理石浴室、浴缸中溫暖的洗澡水，或是正在享受的水晶酒杯中的里歐哈酒都毫無關係。我看不到派特魯斯，他正在另間我們住的一流旅館豪華套房中。

「爲什麼要抬十字架?」我鍥而不捨地問。

「要讓櫃台人員相信你不是乞丐還眞不容易呢。」他從他的房間大聲回答。

他在改變話題，而我從經驗得知再逼問也沒用。我站起來，穿上長褲、乾淨襯衫，換上新的繃帶。拆舊繃帶時我非常小心，原以爲會看到傷口又裂開來，但是傷疤僅稍稍扯破了些，血只流出來一點。而新的疤已經形成，我感到恢復許多，也很快活。

我們在旅館餐廳用晚餐。派特魯斯點了招牌菜——瓦倫西亞海陸燴飯，我們默默吃著。飯後他邀我一同散步。

我們步出旅館，往火車站方向走去。他又處於現已成慣性的沉默狀態中，整個散步過程一句話也沒說。我們走到一處火車調度場，這裡骯髒而有股油膩味。他在一個龐大的火車車頭階梯坐下來。

「我們在這裡停下吧。」他說。

我不想讓褲子沾上油污，便決定站著。我問他願不願意走去龐費拉達大廣場。

「往聖狄雅各之路快要結束了，」我的嚮導說，「而既然我們的現實生活比較像這些泛著機油臭味的火車，而不是路上我們所見的田園莊舍，今天的談話也最好是在這裡進行。」

派特魯斯要我脫下運動鞋和襯衫。然後也鬆開我手臂上的綳帶，讓我的手臂可以自由揮動。不過手上的綳帶他並沒有碰。

「別擔心，」他說。「這次不會用到手，至少不用抓住什麼東西。」

他比平時更嚴肅的語氣著實嚇了我一跳。有些重要的事情要發生了。

派特魯斯重新坐回階梯，並端詳我良久。然後他說，「我不會提起昨天的事。你自己會發現它的意義，而這也只有在你哪一天決定要走一趟『往羅馬之路』也就是『神的恩典與奇蹟之路』時，才會發生。我只要告訴你一件事：自認爲聰明的人，往往會在需要他們下命令時猶豫不決；而在要他們服從時卻抗拒不從。他們羞於發號施令，卻又認爲聽從命令是件可恥的事。千萬不要這樣。

「在旅館時，你說通往智慧之路導致犧牲。這話錯了。你的學習期間並不是昨天結束，你仍必須找到你的劍，並了解它的祕密。『雷姆』練習可以讓我們從事那美好的戰役，並在生命中有更大的獲勝機會。你昨天的經驗只是這一路上的考驗之一，也是『往羅馬之路』的準備工夫之一。而你卻認爲這可能是你的死亡之路，我覺得很難過。」

他的口氣眞的很難過。我明白在我們一起的所有時間，我始終表現出對他教導我的一切感到疑惑。我不是個強壯而謙卑的卡斯塔尼達，可以接受唐望的教誨；我只是在接近「雷姆」之道途中一個自大而倔強的人。我想要把這些告訴派特魯斯，但是我知道已經太遲了。

「閉上眼睛，」派特魯斯說。「做『雷姆』呼吸練習，並且試著讓你自己和這些鐵、機器、機油的味道融合。這就是我們的世界。等我教完你一個練習之後，你才能再睜開眼睛。」

我閉起眼睛，惠心在「雷姆」呼吸上，感覺到身體開始放鬆。我可以聽到城市的噪音、遠方的狗吠聲，以及不遠處人們的爭執。突然間，我聽見派特魯斯唱起一首派比諾·狄·卡普利（Pepino Di Capri）灌錄過的義大利歌，這首歌在我十幾歲時非常暢銷。我聽不懂歌詞，但是它的旋律卻帶給我許多快樂的回憶，幫助我達到平靜的境界。

「前些日子，」當他停止唱歌後說，「我正在整理一個必須送交米蘭辦公室的工作時，收到我師父的口信。說有人一直修鍊到『傳統』教會之路的最後，卻沒能拿到他的劍，我應該去引導他走『往聖狄雅各之路』。

「這件事我並不驚訝：我一直在等著這種召喚隨時到臨，因爲我尚未付出該付出的。我必須引導一個朝聖者走完『銀河之路』，就像有人曾經引導我走過。不過我很緊張，因爲這是我的第一次，也是唯一的一次，我不知道該如何執行這項任務。

「你來到這裡，我引導你而行，」他又說。「我必須承認一開始時很艱難，因爲你對教誨的心靈含意要比對這條路，這條平凡之路的意義更有興趣。和阿豐索接觸以後，我們發展出比較深厚且緊密的關係，我開始相信我可以教導你劍的祕密，但是這並沒有發生，而現在你必須在所剩不多的時間裡，獨自去學習。」

這番話使我很緊張，無法集中注意力在「雷姆」呼吸的練習上。派特魯斯一定注意到了這一點，因爲他再次唱起歌來，並等我放鬆了他才停止。

「如果你發現了祕密，也找到你的劍，你也會發現『雷姆』的面容，你就會擁有力量。但這並非全部：爲了要獲得全然的智慧，你必須去走另外三條道路，包括那條祕密的路，而不會有人告訴你祕密的路，即使是走過的人也不會告訴你。我之所以告訴你這些，是因爲我們兩人只能再見一次面。」

我的心跳停止，不自覺地張開眼睛。派特魯斯全身周圍發著亮光，那種光華，我只看過我師父發散過。

「閉上眼睛！」他大吼，我立刻服從。可是我很難過，再也無法專心。我的嚮導再次唱起那首義大利歌，過一會兒我才眞正放鬆。

「明天你會接到一張紙條，告訴你我在哪裡。我會參加一個團體入會式，那是『傳統』教會中一次榮耀的儀式，爲了表揚許多世紀以來幫助智慧、美好的仗和神愛等火焰，使之不墜的男男女女。你到的時候不可以和我說話。我們見面的地方是個祕密。所有走過『傳統』教會之路，即使磨利他們的劍卻仍無法使黑暗變爲光明的人，他們的鮮血浸染著這個地方。但是他們並沒有白白犧牲，好幾世紀之後走過不同道路的人會前去向他們致敬，這就是證明。這一點很重要，你永遠也不可以忘記，即使你已成爲一名師父，你也必須明白你的路只是許多通往天主道路中的一條。耶穌說過：『在天父的居所中有許多廣廈』。」

派特魯斯把明天過後我就再也看不到他的話，又說了一遍。

「未來有一天，你會收到我的口信，要你帶領一個人走上『往聖狄雅各之路』，就像我曾經帶領著你一樣。那時你就能夠體驗這趟旅程的重大祕密——我現在就要讓你知道這個祕密，但是只能以口頭宣布了。這個祕密必須親身體驗過後才能眞正了解。」

接著是一陣較長的沉默。我開始認爲他改變心意或者他已經離開調度場。我非常想睜開眼睛看發生了什麼事，但還是強迫自己專心在「雷姆」呼吸上。

「這個祕密是——」派特魯斯說。「只有藉由教導，才能夠學習。我們在往聖狄雅各的路上一直在一起，但是當你在學習那些練習時，我卻得到了它們的意義。在教導你的時候我才眞正學習到了。擔任嚮導的角色，我得以找到自己眞正的道路。

「如果你找到了劍，你必須將這路上的道理教給別人。只有在你成爲師父的角色之後，你才能得到心中所有問題的答案。我們每個人都知道這些答案，即使在別人告訴我們之前就知道了。生命每分鐘都在教誨我們，而祕訣在於只有在我們日常生活中，接受了這些教誨，我們才能顯示自己有所羅門的智慧和亞歷山大的力量。但是我們只有在被迫去教導別人，並且參與像這次一樣豐富冒險時，才能了解這一點。」

我正在聆聽一生中最教人意想不到的道別。與我曾有最緊密關連的人，卻在旅途中間的此時此刻向我道別——在一個充滿機油味道的調度場，還要我閉著眼睛。

「我不喜歡說再見，」派特魯斯繼續說。「我是義大利人，很情緒化的。但是根據『傳統』的規定，你必須獨自去找你的劍。這是使你相信自己力量的唯一方法。我已經把我該給的每樣東西都傳給你了，現在只剩下『跳舞練習』，我現在就要教你。明天你將在儀式上表演這個練習。」

他靜默了會兒，接著說：

「願榮耀者在天主中榮耀。你可以張開眼睛了。」

派特魯斯仍然坐在火車頭上。我不想說什麼，因爲我是巴西人，我也很情緒化。帶給我們光亮的水銀燈光開始閃動，遠處一列火車的汽笛聲響了起來，宣布它即將到達下一站。

這時派特魯斯教我「跳舞練習」。

跳舞練習

放輕鬆。閉上眼睛。

●

回想你小時候第一次聽到的歌，開始在心中唱著。一點一點地讓你身體的一部分——你的腳、腹部、手、頭等——隨著歌曲的旋律舞動，但只能是一部分。

●

五分鐘後，停止唱歌，傾聽你四周所有的聲音。以這些聲音為音符在內心作首曲子，並且全身隨著曲子舞蹈。不要去想某個特定的事物，不過要記下會自動出現的各種影像。

●

舞蹈會提供一種與「無限智慧」溝通的幾近完美的方式。

這個練習應該做十五分鐘。

「還有一件事，」他說，目光直直地射進我眼睛深處。「我完成朝聖之旅後，畫了一幅很美的畫，把在路上發生的每一件事情都描繪下來。這是一條給平常人走的路，所以如果你願意的話，也可以做同樣的事。如果你不會畫畫，寫一點東西或編一支芭蕾舞也可以。這樣不管人們身在何處，都可以走這條『雅各路線』、『銀河之路』、『往聖狄雅各的奇異之路』了。」

響過汽笛的火車開始進站。派特魯斯朝我揮揮手，便消失在停放的火車車廂間。我佇立在煞車於鋼鐵上發出的噪音當中，想要弄清楚我上方那片神祕的銀河，以及那些引領我來到這裡，並靜觀所有人類孤寂與命運的星星。

翌日，我房間只有一張留言：下午七時，聖殿騎士城堡。

這天下午其餘時間，我都在街上漫步。我在龐費拉達這座小城中穿來穿去，隔著一段距離，望著山上那座城堡，那是我奉命要去的地方。聖殿騎士一向能激起我的想像，龐費拉達的城堡也不是教會在雅各路線上留下的唯一標誌。這個教會由九名不願解甲歸田的十字軍騎士創立。在很短的時間內，他們的努力已經遍及歐洲，並且在這個千禧年之初造成一場價值觀革命。當時的貴族多半只關心壓榨農奴致富，而聖殿騎士卻奉獻他們的生命、財富和刀劍給一項使命：保護往耶路撒冷的朝聖者。朝聖者在騎士們的聖行中，找到自己尋求智慧的典範。

一一一八年，當休·德·巴楊和另外八名騎士在一座廢棄古堡的庭院中舉行會議時，他們發誓要愛所有人類。兩百年後，在已知世界中已有五千多名以上的聖職人員，他們調和了兩種在此之前似乎水火不容的活動：一是軍事生活，一是宗教生活。會員和感恩圖報的朝聖者所捐贈的款項，使「聖殿騎士團」累積了無以數計的財富，而這些財富不只一次用來做爲贖金，贖回被回教徒綁架的重要基督徒。由於騎士的誠實，使王公貴族們放心將金銀財寶託付聖殿，出遊時只帶著這些財富的文件證明。這文件可以在聖殿騎士團的任何一個城堡領取相同數目的錢財，今天普遍使用的信用卡就是由此而來。

他們精神上的奉獻，也使聖殿騎士們了解：「天主的居所有許多廣廈」的眞理，這也是派特魯斯昨晚對我引用的耶穌眞言。他們嘗試結束宗教衝突，並將當時主要的一神教

——基督教、猶太教與伊斯蘭教，做一結合。他們的教堂有猶太教所羅門神殿的圓頂、阿拉伯大清眞寺的八角牆，以及典型基督教教堂的本堂。

但就像以往的每件事一樣，聖殿騎士逐漸被人以猜疑的目光相看。大國國王想掌握經濟力量，而宗教自由主義也被視爲對教會的威脅。一三〇七年十月十三日星期五，梵蒂岡和歐洲主要國家展開中世紀最大規模的掃蕩行動之一：當晚聖殿騎士的主要領導人在城堡中被捕入獄。他們被控進行祕密儀式——包括崇拜魔鬼、褻瀆耶穌基督、進行狂歡儀式，以及和信徒雞姦。經過一連串殘暴的酷刑、棄教和背叛事件後，「聖殿騎士團」從中世紀的歷史地圖上消失了。他們的財富遭到沒收，成員散落到世界各地。教會最後一位大師，夏各·德·莫雷，則在巴黎市中心被綁在柱子上用火燒死，同時另一位聖殿騎士也遇難。他的遺願是讓他「面向聖母院塔樓而死」。

此時西班牙在爲重新奪回伊比利半島而奮戰，對從歐洲各地逃亡來的騎士敞開雙手，而西班牙國王也請他們在對抗摩爾人的戰爭中提供協助。這些騎士被西班牙教會吸收，其中一支是「聖狄雅各寶劍騎士團」，他們負責保護這條路上的行路安全。

我思忖著這些歷史，時間正好已是晚上七點，我走過龐費拉達聖殿騎士古堡大門，將依安排與「傳統」教會接觸。

這裡一個人也沒有。我等了半小時，擔心最糟的情況發生：這儀式也許是早上七點鐘舉行。就在我決定離開時，兩名男孩出現了，他們拿著荷蘭國旗，衣服上縫著海扇殼，這是往聖狄雅各之路的象徵物。他們走過來，我們說了些話，原來我們的目的相同。紙條沒有寫錯，我鬆了口氣。

每隔十五分鐘又會有人到來。一名澳洲人、五名西班牙人和另一位荷蘭人。每個人對時間表都不清楚，而除了一些關於時間表的問題外，我們之間沒有其他交談。我們全都坐在城堡的同一個角落——一間毀損的前庭，曾在古代做爲食物的貯藏室——也決定堅持等到活動開始，即使還得再等上一天一夜。

眾人繼續等待著，我們聊起各自會在這裡的理由。直到這時我才知道許多不同教會的人都採取「往聖狄雅各之路」，而大多數教會都是「傳統」教會的分支。在這裡的人都已經通過許多考驗，以及我很久以前在巴西通過的那種入會式。只有我和那個澳洲人正等著被頒發第一條路的最高級位。即使不知道細節，我也看得出那個澳洲人經歷的過程和「雷姆」之道是完全不同的。

大約八點四十五分，當我們開始談起各人的生活時，一聲鑼響敲起。我們跟著鑼聲走到城堡的古教堂。

在這裡我們目睹一幕令人震撼的景象。教堂——或者該說是教堂的殘存部分，因爲絕大部分已成爲廢墟，教堂內部只有火把照亮著。在原先的祭壇上，可以看到七個身著聖殿騎士俗世服裝的人影：兜帽和鋼質頭盔、盔甲、一把劍和一面盾牌。我抽了口氣：這是一幕遠古的景象嘛！唯一使這個情景顯得眞實的，是我們的西裝、牛仔褲和有海扇貝標記的襯衫。

在火炬發出的昏黃光線下，我看出其中一名騎士是派特魯斯。

「現在，走向你們的師父，」似乎是年紀最大的一位騎士說。「注視著你師父的眼睛。脫下你們的衣服，接受你們的法袍。」

我走向派特魯斯，直視他眼睛深處。他正處於一種恍惚狀態，似乎並不認得我。不過我看到他眼中有一些哀傷，和昨晚他的聲音傳達的訊息一樣。我將全身衣服脫下，派特魯斯遞給我一件帶有香味的黑袍，我穿起來，黑袍寬鬆地垂在身體周圍。我猜想這些師父當中的某一位，擁有不只一個門徒，但我看不出是哪個人，因爲依照規定我必須把目光專注在派特魯斯的眼睛上。

大祭司導引我們走到教堂中央，接著兩名騎士圍著我們轉圈圈，一邊唱著：「崔尼塔斯、蘇得、梅西阿、伊曼紐、沙巴賀、阿都奈、阿撒納都斯、吉索斯……」①

畫圈圈是爲了給在圈內人一種保護。我注意到我們當中有四個人穿白袍，這象徵守貞的誓言。

「阿米德斯、索羅東尼西亞、艾尼托！」大祭司吟誦著。「天主啊，以天使的恩寵，我給予得救的外袍；我祈禱所願的每件事經由您——我神聖的主呀——得以成眞，您的王國永在，阿門！」

大祭司在他的盔甲外，罩上中間有紅色聖殿騎士十字架圖樣的白色斗篷。其他騎士也照做。

這時正好九點鐘，這是訊息之神的時刻。而我站在這裡，再次置身在「傳統」教會的圓圈裡。教堂內燒著薄荷、紫蘇和安息香混合的香，盛大的騎士召喚儀式開始：

「偉大而榮耀的國王，您經由至高的神艾爾（EL）統治所有高等和低等靈魂，尤其是東方領土的冥界，我要召喚您……以實現我的願望，不論願望爲何，只要合乎您認可，而經由我們的神艾爾之力實現。祂創造並供給天界、空氣、土地和冥界一切一切。」

隨後是一陣凝重的沉默，即使無法看到，我們也可以感覺到被召喚者的出現。這是個吉兆，表示我們應該繼續進行我們的法術。類似的儀式我參加過數百次，其中有些儀式在這個階段都會有驚人的事發生。不過聖殿騎士城堡必定刺激了我的想像力，因爲我覺得好像看到一種從未見過的發著亮光的鳥，在教堂角落盤旋。

大祭司往我們身上灑著水，但他並沒有走進圈圈中。接著他用神聖的墨水在地上寫出天主所知的「傳統」教會中的七十二個人名。

我們全體，包括朝聖者和騎士，開始誦念這些神聖的名字。火把的火焰劈啪作響，表示被召喚的神靈已經臣服。

跳舞的時刻來臨。我知道該如何加入，因爲前一天派特魯斯特別教過我了。這舞和我在類似儀式的這階段中常表演的截然不同。

沒有人宣布規則，但我們全都知道：新進者不可以跨到保護圈之外，因爲我們沒有騎士穿戴的盔甲保護著。我想好了圓圈的大小，便開始照派特魯斯所教的去做。

我回想到幼年時期。身體的一個聲音開始唱起一首簡單的旋律，這是個遙遠的女人聲音。我跪下來，把自己縮成種子姿勢，並感覺到胸部——只有胸部——開始舞動起來。我感到輕鬆自在，能夠完全進入「傳統」的儀式中。我心裡的音樂開始變了，我的動作變得更明顯，人也進入一種強烈的恍惚狀態。四周的一切變暗了，我那被黑暗所包圍的身體變得毫無重量。我看到自己走過阿加塔長滿花朵的田野，在那裡遇到我祖母和一位在我童年時對我非常重要的叔叔。我感覺到時間在它的象限格中的振動，在這個象限裡，所有的路都連在一起，混在一起，雖然各不相同，卻變得完全一樣。這當中有一度我還看到那個澳洲人從我身邊閃過，他的身體浸淫在一陣紅光中。

接著出現的影像是聖杯和祭碟，這影像持續很長的時間，似乎它對我有特別的重要性。我想了解它的意義，但是一無所獲，雖然我確信它和我的劍有關。爾後，當聖杯和祭碟消失了，我看到「雷姆」的面容從黑暗中朝我而來。但是當這個面容靠近時，卻見它只是我們所召喚的N的魂靈的臉孔，而我對N非常熟悉。我們沒有任何交談，然後他的臉又融入四周波動的黑暗中。

我不知道我們繼續跳舞跳了多久。忽然間我聽到一個聲音：

「耶和華，四字神……」我不想從恍惚中醒來，但是這個聲音堅持：

「耶和華，四字神……」我認出這是大祭司的聲音，他在呼喚每個人走出恍惚。這一點惹惱了我。我深植在「傳統」中，不想回來。但是師父卻堅持：

「耶和華，四字神……」

我無法維持恍惚狀態了。憤憤地重回現實，再次置身在魔法圓圈中，處於聖殿騎士城堡的先人氣氛裡。

我們這些朝聖者面面相覷。這陣突如其來的打斷似乎使每個人都很不悅。我有強烈的衝動，想告訴澳洲人說我在恍惚中看到他了。但是當我抬眼看他時，卻發現不必了，因爲他的眼神告訴我，他也看見我了。

騎士們走過來，圍住我們。開始用雙手在他們的盾牌上敲打，發出震耳欲聾的聲音。

接著大祭司開口：

「噢，N魂靈，因你勤勉地回應我的請求，我以當懷有的肅穆之心容許你離去，不要傷及人獸。走吧，我命令你，在『傳統』的神聖儀式召喚你、驅策你的任何時候，都要隨時快速前來。我請求你離去時，請和平安靜地離去，並願神的和平繼續與你我同在。阿門。」

圓圈被消掉了，我們全都垂下頭跪在地上。一位騎士和我們一同念了七遍「主禱文」和七遍「萬福瑪利亞」。大祭司又念了七遍《使徒信經》，聲明梅尤戈瑞聖母（Our Lady of Medjugorje）——自從一九八二年起，南斯拉夫就有祂顯靈的紀錄——曾指示他這麼做。接著我們展開另一段基督教的儀式。

「安德魯，站起來，走到我面前。」大祭司說。那名澳洲人走近七位騎士站立的祭壇。其中一位騎士——他一定是這人的嚮導，說話了：

「兄弟，你需要『聖殿』的陪伴嗎？」

「是的。」澳洲人回答。這時我明白眼前所見的是哪種基督教儀式了：聖殿騎士的入會式。

「你明白『聖殿』的偉大嚴格要求，和它慈悲的律令嗎？」

「以主之名，我已準備擁護它們全部，我也願意永遠成爲『聖殿』的奴僕，終其一生。」澳洲人回答。

接著是一連串儀式方面的問題，有些問題在今天的世界看來根本沒有意義，其餘問題則和奉獻、愛有關。安德魯低著頭一一回答。

「尊貴的兄弟啊，你要求我一件大事。然而你只見到我們宗教的外層——駿馬和美麗的盔甲，」他的嚮導說。「卻不知其中的嚴格要求：要求做自己主人的你，要去服侍他人，這將是困難的事；你將不太可能隨心所欲。如果你希望能待在此地，你將會被派往海外；如果你希望自己在亞克，你會被派往的黎波里，或是安提阿，或亞美尼亞。而當你渴求睡眠時，卻會被要求站崗守衛；當你希望站崗守衛時，卻會叫你回到床上睡覺。」

「我願進入『聖殿』。」澳洲人這麼回答。似乎所有曾經活在這座城堡中的聖殿騎士，都高興地參加這場入會式，火把熱切地發出劈啪聲。

隨後是幾段警語，澳洲人的回答全是他願意進入「聖殿」。最後，他的嚮導轉向大祭司，將澳洲人所作的答覆複述一遍。大祭司愼重地再問一次，他是否準備接受「聖殿」的一切規則。

「是的，師父。我來到主前面，在您、在兄弟們面前，當著上主及聖母的面，我懇求您將我帶到您身邊，並在精神上及俗世間，進入『聖殿』的恩寵內，做爲渴望終身成爲『聖殿』奴僕之人。」

「因著天主之愛，我命你進來。」大祭司說。

這句話說完，所有的騎士都抽出劍，將劍尖朝天。接著他們把劍身放低，而繞著安德魯的頭形成一面鋼鐵之冠。火焰倒映在劍身上，使這個時刻更爲神聖。

他的師父肅穆地走向他，將自己的劍交給他。

有人開始敲起鐘來，鐘聲回蕩在古堡四周牆面，無止息地重複著。我們全都低下頭，騎士們從我們的視線中消失。等我們抬頭時，只剩下十個人了，那名澳洲人已經去參加騎士們的禮成慶宴了。

我們換回平常的衣服，沒有其他客套就彼此道別了。那舞必定跳了很久，因爲天色已經逐漸白亮。一陣巨大的孤寂感襲上我的靈魂。

我嫉妒那個澳洲人，他找回他的劍，走到探尋的終點。現在我形單影隻，沒有人引導；遠在南美洲一個國家中的「傳統」教會驅逐了我，卻沒有指引我回去的路。而我還得繼續走這已近尾聲的「往聖狄雅各的奇路」，既不明白我的劍的祕密，也不知道該如何去尋找。

鐘聲繼續響著。我離開城堡時，天色已全然破曉，我注意到鐘聲是從附近一座教堂傳來的，正在召喚信徒做一天中第一場彌撒。這座城的人們醒來迎接他們的工作和未付的帳單、他們的愛戀和他們的夢想。但是他們卻不知道昨晚有一場古老的儀式再次舉行了，被認爲已滅亡好幾世紀的事物再次被稱頌，並且繼續展現它令人敬畏的力量。

---

① 由於這是一場時間持續甚長的儀式，又只有了解「傳統」之道的人才能明白，我僅擷取部分咒語引用。不過這並不會改變故事的敘述，因爲進行此儀式只是要營造出和古人重聚的氣氛。「往聖狄雅各之路」這部分當中的重要成分——「舞蹈練習」——在此則作了完整的描述。

艾爾・塞伯瑞洛

「你是朝聖者嗎？」小女孩問。她是我在維拉弗蘭卡・德爾・畢葉索（Villafranca del Bierzo）那個陽光耀眼的午後時分，舉目所見的唯一一人。

我看著她，沒有回答。她約八歲，衣衫襤褸。她跑來我坐下休息的噴水池旁邊。目前我唯一在意的是盡快趕到康波史泰拉的聖狄雅各，把這場瘋狂冒險做個了結。我無法忘記在調度場時，派特魯斯聲音中的哀傷意味，也忘不掉在「傳統」儀式中我和他四目交接時，他那從遠處眺看而來的眼光。似乎他在幫助我的過程中，付出的所有努力都白費了。當那個澳洲人被叫到祭壇時，我很確定派特魯斯一定希望被叫上去的是我。我的劍也可能被藏在那座城堡，那個傳奇和古代智慧的貯藏所。那個地方完全符合我的推論：荒廢、只有少數尊崇「聖殿騎士團」遺址的朝聖者才會前往，且坐落在神聖之處。

但是只有澳洲人被叫上祭壇。派特魯斯當著所有的人一定覺得羞愧，因爲他身爲嚮導，卻無法帶領我，找到我的劍。

除此之外，「傳統」儀式也再次激起我對玄祕智慧的著迷，而這種玄祕智慧在我行走往聖狄雅各之路——也就是尋常人之路——大都被我淡忘了。召喚魂靈、對物質的絕對控制力、與其他世界的交談——這一切對我來說，都比「雷姆」修行有趣多了。不過也許「雷姆」的修行更能客觀地運用在我生活中：毫無疑問，自從我開始走上往聖狄雅各的奇異之路後，我改變許多。多虧派特魯斯的幫助，我已經知道我可以通過瀑布、打敗敵人，並且和我的使者談論實際的事物。我看過我死亡的臉，也見過藍色愛的球體，而那愛會滿溢著整個世界。我已經準備好去打那美好的仗，並將我的生活變成一連串的勝利。

然而我體內一個隱藏的部分卻依然懷念那魔法圈、抽象的教義、香，和神聖墨水。派特魯斯稱之為「向古人致敬」的儀式，對我是一次與古老且遺忘的教誨，進行一次強烈而有益身心的接觸。而想到我可能再也無法進入那個世界使我意興闌珊，不想再繼續下去。

「傳統」的儀式過後，我回到旅館，看到我的收信格中除了旅館鑰匙外，還有一本《朝聖者指南》。這本書曾經在路途中黃色標記很難發現時，被派特魯斯用來尋找方位，它也幫助我們計算各城市之間的距離。那天早上我覺也沒睡地立刻離開龐費拉達上路了。到了下午我就發現地圖沒有依照比例尺去畫，我必須露天過夜，睡在山崖的山洞裡。

我在那裡思索和露德夫人見面後所發生的每件事，想到派特魯斯持續不懈地努力，爲了幫助我了解結果才是重要的，而這個想法和我們原先以爲的正好相反。一個人的努力誠然值得敬佩也不可或缺，但要是沒有結果，所有的努力便不值一文，而如今我對自己要求的唯一結果，對於我經歷的每件事的唯一報酬，就是要找到我的劍。這事至今還沒有發生，而聖狄雅各卻只剩幾天的路程。

「如果你是朝聖者，我可以帶你去『寬恕門』。」維拉弗蘭卡．德爾．畢葉索噴水池旁邊的女孩堅持著。「通過那些門的人，就不需要一直走到聖狄雅各了。」

我拿出一些西班牙銀幣給她，好讓她走開，但是她卻開始潑水池裡的水，把我的背包和短褲都弄濕了。

「走嘛，走嘛。」她又說了。這時我想到派特魯斯一再重複的句子：「耕種者將懷希望耕種。懷希望打穀者，將參與希望之中。」這是使徒保羅書信中的一句。

我必須堅忍一點，一直尋找到最後，不要害怕失敗，也要始終保持希望，願自己能找到劍，並明瞭其中祕密。

而——誰知道呢？——是不是這個小女孩想告訴我一些我不想去明白的事情？如果這個「寬恕門」是教堂的一部分，具有和到達聖狄雅各一樣的精神效果，我的劍爲什麼不會在那裡？

「我們走吧！」我對小女孩說。望著才走下來的山峰，我將再次爬上它的一部分。之前我經過「寬恕門」，卻不想進去，因爲我唯一的目標是到達聖狄雅各。這裡有個小女孩，她是這個炎熱下午唯一出現的人，而她堅持要我回頭去看一件我曾經決定不去理會的東西。畢竟，爲什麼我給了小女孩一些錢後她並沒有走？可不可能我在洩氣和匆忙之中竟然與我的目標擦身而過，而沒能認出來？

派特魯斯常說我太愛幻想了。不過他也許錯了。

我和小女孩一起走的時候，想起「寬恕門」的故事，那是教會爲覺得自己生病的朝聖者所做的一種「安排」。從那裡開始直到康波史泰拉，這條路再度變得多山且崎嶇難行，因此在十二世紀時，有個教皇指出任何無法再走下去的人，只要通過了「寬恕門」，就可以獲得和抵達終點的朝聖者一樣的赦免。那位教皇以如此神妙的方式，解決了高山險阻所帶來的困境，並使朝聖之旅的數目激增。

我們往上爬，依循當天稍早時的同一條路：蜿蜒曲折，又滑又陡的路。女孩在前面帶領，動作非常地快，有好多次我都必須請她放慢些速度。她會慢下來一會兒，然後又忘記速度開始跑起來。半小時後，就在我數次喃喃抱怨後，我們終於抵達「寬恕門」。

「我有教堂鑰匙，」她說。「我要進去打開門，讓你穿過去。」

她從大門步入，我等在外頭，這是一座小教堂。大門朝向北方。門框上有海扇殼和聖狄雅各生平圖像的裝飾。在我聽到鑰匙插入鎖中的聲音時，不知從哪裡來的一頭高大的德國牧羊犬突然走到我面前，站在我和正門之間。

我立刻準備作戰，「不會又來吧！」我心想。「這故事是不是永遠沒完沒了？除了一再的考驗、戰鬥和羞辱外，什麼都沒有——而我的劍依然沒有線索。」

不過，就在這時，「寬恕門」推開了，女孩出現。她看到狗在注視我——而我的目光也盯住牠的眼睛時，向狗說了些親暱的話，狗立刻放輕鬆了。只見牠搖著尾巴跟著她朝教堂後方走去。

也許派特魯斯的話沒錯。也許我真的太愛胡思亂想了。一隻單純的德國牧羊犬竟在我心中變成一個嚇人的超自然生物。這是個不祥的兆頭——令人疲倦的兆頭，而疲倦會導致失敗。

不過仍然有希望。女孩示意我進去。我滿心期待地走過「寬恕門」，因而獲得和一路走到聖狄雅各的朝聖者相同的赦罪。

我的目光掃過空蕩而沒有任何裝潢的教堂，尋找我唯一在乎的東西。

「在所有柱子的頂端你都可以看到貝殼。貝殼是這條路的象徵物，」女孩開始說。「這是聖阿奎達……」

不須多久，我就明白再走這一趟回到教堂的路根本是徒然的。

「這是聖狄雅各·馬他摩洛斯（San Tiago Matamoros），正在揮舞他的劍。你可以看到他馬蹄下踩著死掉的摩爾人。這座雕像是……」

聖狄雅各的劍在那裡，但那不是我的劍。我又拿了幾枚銀幣要給小女孩，但是她不肯收下。她有點被觸怒了，於是她結束對教堂的解說，要我離開。

我再一次走下山，繼續進行往康波史泰拉的朝聖之旅。當我第二次走過維拉弗蘭卡·德爾·畢葉索時，一個男人走向我。他說他名叫天使，問我有沒有興趣參觀「木匠聖約瑟教堂」。這人的名字給了我希望，可是我才剛剛失望過，而且我也開始發現派特魯斯是行爲觀察專家。世人確實有幻想不存在事物的傾向，卻無法學會存在於眼前的教訓。

或許是爲了再次證實這個傾向吧，我任由這位天使領到另一座教堂。教堂是關著的，他沒有鑰匙。於是他指給我看入口處的建築骨架，連同上頭聖約瑟及身旁他的木匠工具的雕刻。我點點頭，謝過他，要給他幾枚銀幣。他不肯接受，並當場把我丟在街道中央，走之前還說：「我們對自己的城市感到驕傲。我們這麼做不是爲了錢。」

我回到路上，十五分鐘內就離開維拉弗蘭卡．德爾．畢葉索，以及它的大門、街道，和那些服務不求回報的神祕嚮導們。

我在山區走了一段時間，前進得緩慢而艱難。我剛走時，只想到先前的憂慮——孤獨、愧對派特魯斯的失望心情、我的劍及劍的祕密。但是很快那個小女孩和天使的影像就開始不斷出現在我心中。雖然我一心只想著我可能有什麼收穫，他們卻爲我盡了他們最大的努力，而且不求任何回報。這時一個模糊的想法，從我心底深處冒出來。這個想法像是一個環節，將我這所有發生的事串聯在一起。派特魯斯一再強調要獲得勝利，必須堅持對結果的抱以希望。每當我忘記世上其他事情而只想到我的劍時，他就會經由那些痛苦的練習迫使我返回現實。這是我們一路上不斷發生的情況。

這一定是有原因的，而這原因又和我的劍的祕密有所關連。藏在我內心深處的某些什麼開始整合而愈來愈清楚。我仍然不太確定那是什麼，不過心底的聲音告訴我，我的方向是正確的。

對於遇見小女孩和天使，我心存感激，他們展現一種充滿身心的愛，從他們提到他們教堂時的態度可以看出。他們讓我了去兩次相同的地方，而且因爲這樣，我忘記對「傳統」教會儀式的迷戀，回到西班牙的田野中。

我想起很久前的某天，派特魯斯對我說，我們在庇里牛斯山脈中同樣的路上走了好幾次。我以懷舊的思緒，想起那一天。那原是一個很好的開始，誰曉得那個事件在此時此刻重現不會是個好兆頭？

當晚，我來到一座小村莊，在一位老婦人家借住一晚。她只收我一點點錢做爲吃住費用。我們閒聊了會兒，她談到她對「聖心耶穌」的信仰，以及對這個旱年橄欖收成的擔憂。我喝了些葡萄酒，也喝了點湯，很早就上床。

我對一切感到好受許多了，這主要是因爲我心中形成的那個想法，以及它快要呈現出來的事實。我做了個禱告，也做了些派特魯斯的練習，然後決定召喚艾斯特蘭。

我需要和他談一談和那隻狗打鬥時發生了什麼事。那天他幾乎害我敗陣下來，之後，當他在十字架事件中回絕了我之後，我本來決定這一輩子再也不找他了。不過另一方面，如果在那次打鬥中我沒有認出他的聲音，很可能就屈服於那伺機而出的誘惑了。

「你用盡一切方法幫助『軍團』打贏。」我說。

「我不會對抗我的兄弟。」艾斯特蘭回答。我早料到他會這麼說。我已經預見了，何況使者忠於他自己，我沒有生氣的道理。我必須找出在他之中屬於盟友的部分，那部分曾在類似的時刻中幫助過我，這是他唯一的作用。我拋開怨恨，開始起勁地告訴他關於這條路、派特魯斯，以及逐漸在我心中理出頭緒的劍的祕密。他沒有什麼重要的事和我說——只說他無法得知這些祕密。但至少在我度過整個沉默的下午後，有個人可以讓我敞開心胸說話。我們談了好幾個小時，老太太敲打我的門，說我在說夢話。

醒來後，我感到更樂觀了，一大早就上路。根據我的計算，這天下午我會到達加里西亞，那裡就是康波史泰拉的聖狄雅各所在地。這一路都是上坡路，爲了趕上自己訂下的步調，我必須連續近四小時全力以赴。每當我爬上一座山頂，都希望往後就是下坡路，而這似乎永遠也不會發生，我得放棄任何想要加快速度的念頭。我可以看到遠方的山又更高了，但我明白自己遲早都能翻過那些山。與此同時，因爲身體已用盡全力而腦思趨緩，我覺得自己變得更和善了。

「算了吧，畢竟，你怎麼能把一個丟下一切、去尋找一把劍的人看得太嚴肅？」我問自己。就算我沒有找到。至少，我得到其他重要的意義！我學會了「雷姆」之道，認識了我的使者，和那隻狗打鬥，見到我的死亡，我這麼告訴自己，讓自己相信「往聖狄雅各之路」對我而言才是重要的事。劍只是一種結果。我希望能夠找到它，但是我更希望知道的是拿這把劍做什麼用途。因爲我必須把它用在實際的生活上，就像我運用派特魯斯教導我的練習一樣。

我突然停下來。早先的模糊想法，突然整個豁然開朗。每件事都變得清清楚楚，一股神愛的巨浪潮湧而來。我全心全意希望派特魯斯也能在這裡，那麼我就可以把他一直在等我說的話，說給他聽了。這也是他唯一要我眞正明白的事，也是我們走在往聖狄雅各的奇路上，他花那麼多時間用來教導我的最高成就：我那把劍的祕密！

我那把劍的祕密，就像我們在生命中所有的探索一樣，其實是世界上最簡單的事：就是我該用這把劍做什麼。

我從沒有這樣想過。我們走在往聖狄雅各奇路上的所有時間中，我唯一追求的是它藏在哪裡。我從沒有問過自己爲什麼要找到它，或是我要它來做什麼。我所有的努力都專注在報酬上，卻不明白當我們要某樣東西時，我們心裡必須有個明確的目的。尋求一項報酬的唯一理由，是要知道如何去運用這項報酬。而這就是我的劍的祕密。

派特魯斯得知道我已經學到這件事了，可是我很肯定不會再見到他了。他等待這結果很久了，現在他永遠不會知道這事眞的發生了。

於是我跪在那裡，從筆記本撕下一張紙，把我打算用劍來做什麼事一一寫下來。我把紙張仔細摺好，放在一塊石頭下——這塊石頭使我想到他和他的友誼。時間終會毀掉這張紙，但是我已經象徵性地把它送交給派特魯斯了。

現在他知道我會成功了。我和派特魯斯共同進行的使命已經達成。

我往山上爬，內心滿溢的神愛濃郁了周遭的色彩。如今我既已發現祕密，就必須去找到我正在找的東西。一種信念，一種不可動搖的確定感，掌控了我整個人。我開始唱起派特魯斯在調度場時唱的那首義大利歌。我不知道歌詞，自己隨意亂編。這裡杳無人蹤，我又穿過森林，這種孤獨使我唱得更大聲。不久後，我發現編出來的歌詞竟有些有趣的道理。它們是我和只有我所知道的世界交流的管道，因爲現在這個世界正在教導我。

在我第一次和「軍團」接觸時，我曾經實驗過，不過方式有所不同。那天是語言的天賦在我身上展現。我那時是「神靈」的僕人，而神靈用我去救了一位婦人，並爲我製造了一個敵人，祂還教我美好的仗的殘酷原型。現在一切都不同了！我是我自己的「師父」，我也學著和宇宙交流。

我開始對著路上的每樣事物說話：樹木、水塘、落葉，和美麗的蔓藤。這是平常人的練習，孩童學會了，成人卻忘記了。我從它們身上也得到神祕的回應，彷彿它們懂得我說的話，而它們也讓我心中充滿那種滿溢的愛。我陷入一種連我自己都害怕的恍惚狀態，不過我願意繼續玩這個遊戲，直到我厭煩爲止。

派特魯斯又說對了：經由教導自己，我已將自己變成一個「師父」。

午餐時間到了，但我並沒有停下來用餐。當我經過路旁的小村莊時，我說話聲更爲輕柔，還對自己笑著，如果有人注意到我，他們會說現在到聖狄雅各大教堂的朝聖者都是瘋子。不過我不在意，因爲我在稱頌周遭的所有生命，也因爲我知道找到劍以後要怎麼去運用。

這個下午的其餘時間，我是以一種恍惚狀態走著的，我知道自己要往哪裡去，也更清楚周遭情況，清楚周遭的一切用神愛回報我。旅途中第一次開始聚積起陰沉的雲朵，我希望能下雨。在長久的徒步旅行和乾旱之後，雨水會是個嶄新且令人興奮的經驗。下午三點鐘，我進到加里西亞，從地圖上可以看到還要再爬過一座山，才能夠完成朝聖之旅最後的這一段距離。我決定先爬過山，再在山另邊的第一座城鎮睡覺。那座城叫做特利卡斯泰拉，阿方索九世①這位偉大的國王曾經夢想將它建成一座大城，但是經過許多世紀後，那裡仍然是個小小的鄉村。

我一邊唱著，說著我自己發明的語言與周遭事物交談，一邊爬上旅途唯一僅剩的山脈：艾爾・塞伯瑞洛。它的名稱起源於古代移居這一帶的羅馬人，據說原意是「二月」。似乎當時的二月間發生了某件重大之事。在古代，這裡被視爲雅各路線中最難走的一段，不過今天的情況已經完全改善。雖然坡度仍比其他山脈陡峭，但附近一座山上的大型電視天線可以做爲朝聖者的標幟，以免他們誤入岐途，從前走錯路是經常可見，而且會要人命的。

雲層開始變低，看得出來我很快就要走進雲霧裡了。要走到特利卡斯泰拉，我必須小心謹愼地跟著黃色標誌前行，電視天線已經消失在霧中了。如果我迷路，到後來就只能露天而眠，在這麼一個可能會降雨的日子裡，這種情況可能會教人相當不悅。感覺雨點打在你臉上，享受這一路上生命的自由滋味，再在附近找個地方喝杯酒，上床睡覺，準備第二天的行進，這是一回事；但是讓雨點使你陷在泥地裡通宵失眠，讓浸濕的繃帶爲你膝蓋的感染提供肥沃土壤，這又是另一回事。

我必須迅速決定。穿過這片濃霧繼續前行，天色還夠亮，可以這麼做；或者往回走，在我幾小時前走過的小村莊過夜，第二天再翻越艾爾·塞伯瑞洛山。

當我明白我必須當機立斷時，我注意到有件奇妙的事發生了。已經發現劍的祕密的確定感，催促著我走進很快將吞噬我的霧裡。這和我跟著小女孩到「寬恕門」，又和那個男人去到「木匠聖約瑟教堂」的感覺非常不同。

我記得在少數幾次，我同意對巴西某個人施魔咒時，我曾經將這種神祕經驗比作另一種極平常的經驗：學騎腳踏車。一開始先跨上去，踩踏板，然後跌下來。再試，再跌倒；

再試，再跌倒，好像無法學會如何平衡自己。可是一瞬間你達到一種完美的平衡狀態時，就能夠完全掌控腳踏車了。那不是一種累積式的經驗，而是一種「奇蹟」，只有在你讓腳踏車「騎你」時才能出現。也就是說，你接受了兩個輪子的失衡狀態，然後當你往前騎時，將一開始那種朝向跌倒的力量，轉換爲踩在踏板上的更大力量。

就在下午四點鐘，我往艾爾·塞伯瑞洛山上爬的那個片刻，我看到同樣的奇蹟也發生了。在我花那麼久時間行走在「往聖狄雅各之路」之後，「往聖狄雅各之路」現在開始「帶我走」了。我遵照所謂的「直覺」行事。由於一整天體驗到那種充滿的愛意，由於我已經發現了劍的祕密，也由於人總會在危機時做出正確判斷，我毫不猶豫地走進大霧之中。

「這霧非停不可。」我心想，同時也努力看清楚一路上留在石頭和樹身的黃色標記。這時，已將近一小時能見度都很低，但我繼續唱著歌，當做消除恐懼的藥方，暗自期待有特別的事情發生。四周是霧，又孤單一人置身在這虛幻的空間，我開始把「往聖狄雅各之路」看成是一部電影，現在就是片中主角做出別人都不敢輕易嘗試的關鍵時刻，台下的觀眾正在想，這種事只有電影裡才會發生。而我卻是眞正地身歷其境。樹林愈來愈靜，霧也開始消散。我似乎已到暗路盡頭，而光亮卻使我一時眼花，將每樣事物浸浴在神祕且驚人的光彩中。

這時一片全然的寂靜，正當我注意到這一點時，我聽到左邊有個女人的聲音傳來。我立刻停下腳步，本以爲會再聽到，卻什麼聲音也沒有，甚至森林中一般慣有的聲音，蟋蟀、昆蟲和那些走過乾枯落葉的動物聲，統統消失。我看了看錶，正好是下午五點十五分。我估計大約還有三哩路就能到達特利卡斯泰拉，我仍然有時間可以在天黑前抵達。

看完錶抬起頭，我又聽到女人的說話聲。這一刻，我體會到生平最有意義的一次經歷。

那聲音不是從樹林發出來的，而是來自我身體的某個地方。我可以清楚聽到，而這聲音也把我的直覺變得更加敏銳。不是我在說話，也不是艾斯特蘭在說話，這聲音只告訴我說，我應該一直走下去，我毫不懷疑地照做了。就好像派特魯斯回來了，又再次告訴我命令別人和接受命令的事。這一刻，我只是這條路的一個工具，是這條路在「帶我走」。霧愈來愈淡，我似乎要走出去了。四周是光禿禿的樹林，濕滑的路面，而前方則是陡峭的山坡，一如往昔我爬了這麼久的山坡一般。

突然間，像變魔術一樣，白霧盡消。就在我前方山頂上，矗立了一支十字架。

我往四周看了看，看到我才步出的那片霧海和前方另片霧海的兩道邊緣。在兩片茫茫霧氣之中，我清楚地看見那些最高的山峰和艾爾·塞伯瑞洛山的山頂，也就是立著十字架的地方。我感到一股強烈的渴望，想要祈禱。即使我知道這會使我前往特利卡斯泰拉的方向多繞路些，但我還是決定爬上山頂，到十字架底下做一個祈禱。爬到山頂花了四十分鐘，我是在全然的沉默中走到。我發明的那種語言已經被我忘記，它不是和其他人或是和天主交談時該用的語言。「往聖狄雅各之路」正在「帶我走」，它將會告訴我，我的劍在哪裡。派特魯斯又說對了。

我走到山頂時，一個男人正坐在那裡寫東西。有一瞬間我以爲他是超自然生物，從別處被派來的。然而我的直覺告訴我，他不是，我也看到縫在他衣服上的海扇貝。他只是個朝聖者，他看了我一會兒便走開了，顯然是因爲我的出現而受到打擾。或許他也和我一樣以爲是天使出現了，結果卻發現對方僅僅是這條平凡人之路的一個平凡人。

雖然我想祈禱，但卻什麼都說不出口。我佇立在十字架面前，眺望遠山和白雲，雲層遮住了天和地，只露出高高的山頂。在我下方三十碼有座小村子，有十五間房舍和一間小教堂，教堂的燈已燃亮。如果路要我在這裡住宿，至少我會有地方住宿了。我不確定它什麼時候會告訴我，但即使派特魯斯不在了，我也不是沒有嚮導。這條路在「帶我走」。

一隻沒被綁著的小羊走上山來，站在我和十字架當中，牠看看我，顯得有點害怕的樣子。我站在那裡一段時間，看著烏黑的天空、十字架，和十字架下面的這隻羊。突然間深感疲憊，長時間的考驗、戰鬥、教誨和朝聖旅途所耗費的氣力令我筋疲力竭，我感到胃部一陣劇痛，疼痛感升到喉嚨，轉爲一陣乾嚎。我站在那裡，被小羊和十字架這幕景色震懾。這座十字架用不著我去放直，因爲它就站在我面前，獨立、龐然，抵抗著時間和冰雪風雨。它是個象徵，象徵人類爲自己而不是爲天主所創造的命運。「往聖狄雅各之路」的諸多教誨，在我飲泣時全都返回我心中，那隻害怕的小羊做了見證。

「我的主，」終於我能夠祈禱了。「我沒有被釘上這個十字架，我也沒有看到祢在上面。這十字架是空的，它也應該永遠這樣。死亡時刻已經過去，一個神，此際已在我體內重生。這個十字架象徵了我們每個人都具有的無窮力量。如今這力量已再生，世界也得救，我亦能夠追行祢的奇蹟，因爲我行走在平凡人的『路』上，而在和他們相處之際，發現了祢的祕密。祢來到我們當中，教導我們學習可以做到的，可是我們不願意接受。祢告訴我們力量和榮耀是每個人都可以得到的，但突然發現具有這種能力，卻令我們難以承受。我們將祢釘上十字架，不是因爲我們對救世主忘恩負義，而是因爲害怕接受自己的能力。我們害怕自己變成神，因而將祢釘上十字架。隨著時間和傳統的累積，祢不過成爲一個遙遠的神祇，而我們也重回身爲人類的命運。

「快樂不是罪。六、七個練習和專注的耳朵，就足以讓我們實現最不可能的夢想。因爲我在智慧上的驕傲，祢讓我走了每個人都能走的『路』，發現了任何人只要稍稍留意生命就會知道的事。祢讓我明白對幸福的搜尋是個人的搜尋，不是可以傳予他人的典範。在找到我的劍以前，我必須發現它的祕密——而它的祕密是如此簡單：就是要知道拿它來做什麼，拿它和它所代表的快樂來做什麼。

「我走了這多少哩路，才發現我已經知道的事，我們全都知道，卻難以接受的事。主啊，還有什麼事比發現『我們能夠獲得力量』更困難的嗎？我胸口感受的疼痛，使我飲泣並嚇壞那隻可憐小羊，這個疼痛自有人類以來就被人感覺到。沒有多少人可以接受自已勝利的負擔：大多數人看到他們的夢想即將實現時，就會放棄夢想。他們不肯去打那美好的仗，因爲他們不知道該拿他們的幸福怎麼辦；他們受困於世間之事。就像我之前一樣，我只想找到我的劍，卻不知道拿了劍要做什麼。」

在我內心沉睡的一個神醒來了，而我的痛楚也愈來愈劇烈。我感到靠近我的是我的師父，這時我才頭一次能把乾嚎變成了淚水。我流著感激的淚，感激師父讓我在往聖狄雅各之路上尋找我的劍；我流著感激的淚，感激派特魯斯不說一句話就教導我，如果我事先知道要用我的夢來做什麼，我就可以實現我的夢。我看到上面空無一人的十字架，也看到十字架下方的小羊，牠可以在山間任何地方來去自如，看著牠頭上和腳下的雲朵。

小羊開始走開，我跟隨著牠。我已經知道牠會帶我到哪裡，而雖然有雲朵，每件事對我而言都清晰了。雖然我無法看到天空中的銀河，我卻確定它就在那兒，指出往聖狄雅各之路的方向。我跟著小羊而行，牠朝著那座小村子的方向走去，小村子也叫做艾爾．塞伯瑞洛，和山同名。

小村子曾經出現一個奇蹟。那個奇蹟使你相信你所做的事，就像我的劍和往聖狄雅各奇路的祕密。當我們往山下走時，我想起這個故事。一個風雨天，附近村莊一個農夫爬上山去參加艾爾．塞伯瑞洛村裡的彌撒。主持彌撒的僧侶卻毫無信仰，他還嘲笑農夫竟然費那麼大工夫去參加彌撒。但在奉獻聖體的那一刻，聖體竟然眞的變成了基督的身體，而葡萄酒也變成祂的血。當年的遺物還在，被守護在小教室內，那是比梵蒂岡所有財富都要偉大的財富。

小羊在小村落邊緣停下，村子只有一條街直通教堂。就在那一刻，我全身感到極度恐懼，而開始一遍又一遍地說：「主啊，我不配進入祢的房舍。」但是這隻羊卻看著我，並且用牠的眼神對我說話。牠說我應該永遠忘掉我的不配，因爲力量已經在我體內重生，就和所有奉獻畢生去打那美好的仗的人一樣。小羊的眼神在說，這一天終將來到，所有人都會再次對自己感到驕傲，大自然會讚美在其中沉睡而又甦醒的天主。

當這隻小羊看著我的時候，我從牠眼中看到這一切。現在牠成爲我在往聖狄雅各之路上的嚮導了。有一瞬間，萬物全都變暗，使我想到〈啓示錄〉裡的景象：寶座上有羔羊，還有人用羔羊的血把衣裳洗淨。這是神正在每個人心中醒來的時候。我也看到未來幾年內撼動地球的戰爭、艱苦歲月和浩劫。但是每件事最後都是羔羊獲得勝利，而地球上每個人都喚醒了沉睡的神和神的力量。

我跟著小羊走到小教堂。小教堂是農夫和後來終於產生信仰的僧侶共同建造的。沒有人知道他們是誰。教堂旁的墓地有兩座無名墓碑，表明兩人的埋葬處，但是無法指出哪個墓是僧侶的，哪個墓是農夫的。奇蹟會發生，是因爲兩人都打了那場美好的仗。

我走到門口時，教堂已大放光明。是的，我夠格進去了，因爲我有一把劍，我也知道要怎麼使用它。這裡不是「寬恕門」，因爲我已經獲得寬恕，也用羔羊的血洗淨我的衣服。現在我只想握著我的劍，走出去打一場美好的仗。

小教堂裡沒有十字架。祭壇上是那次奇蹟的遺物：我在跳舞時看到的聖杯和祭碟，以及裝著耶穌身體和鮮血的銀色聖物箱。我再次相信奇蹟，也相信人類在日常生活中可以做到那些不可能的事。山峰似乎在向我訴說，它們存在在那裡，只是要做爲人類的挑戰——

而人類存在，只是要接受挑戰的光榮。

小羊溜進座椅之間，我望著教堂的前方。站在祭壇前而綻露笑容、或許還有點鬆了口氣的，正是我的師父，手裡拿著我的劍。

我停住了，他朝我走來，經過我旁邊往外走。我跟隨著他。他站在教堂前面，仰望暗黑的天空，然後從劍鞘中抽出我的劍，並且要我和他一起握住劍柄。他將劍身朝上，誦念遠行求取勝利者的神聖〈詩篇〉：

雖有千人仆倒在你旁邊，萬人仆倒在你右邊，
這災卻不得臨近你。
禍患必不臨到你，災害也不挨近你的帳棚；
因他要為你吩咐他的使者，
在你行的一切道路上保護你。

我跪下，他一邊用劍身碰觸我的肩頭，一邊念：

你要踹在獅子和虺蛇的身上，
踐踏少壯獅子和大蛇。

他說完這些，雨開始落下。雨水滋養大地，而大地生出一粒種子，長出一棵樹，開出一朵花後，雨水會重返天堂。風雨漸強，我抬起頭來，在往聖狄雅各之路的旅程中頭一次感受到雨水的滋味。我想起那些乾旱的田野，很高興它們在這個夜晚接受雨水的滋潤。我想到利昂的岩石、納瓦爾的麥田、卡斯提爾的乾燥和里歐哈的葡萄園，它們今天都能暢飲隨同天空其他力量一起落下的傾盆大雨。我憶起自己曾經立起一座十字架，我想這場風雨會再次讓它倒落地上，好讓另一名朝聖者能夠學習命令與服從。我也想到那片瀑布——此刻它的水流必然因雨勢而更猛烈了。還有方塞巴頓，我在那裡留下強大的力量，可以使那裡的土壤再度肥沃。我想到我從那麼多水池中喝過的水，那些水池現在正在補充水量了。我配得上我的劍，因為我知道該拿它做什麼了。

師父把劍遞給我，我握住劍。再往四處尋找那隻小羊，牠已經不見，但是沒關係：「生命之水」從天空落下，使我的劍身森然發亮。

①阿方索九世（Alphonse IX，1171-1230），利昂國王。

尾聲

康波史泰拉的聖狄雅各

從我旅館的窗子看出去，我可以看到聖狄雅各大教堂和錯落大門口的遊客。穿著黑色中世紀服裝的學生混在鎮民當中，紀念品攤販正在架設攤子。現在是清晨時分，除了我的筆記外，這些是我關於往聖狄雅各之路所寫的第一批文字。

我搭上從艾爾．塞伯瑞洛附近的佩特拉菲塔開往康波史泰拉的巴士，昨天抵達這座城市。巴士在四小時內走過分隔兩座城市的一百五十公里路，使我想到和派特魯斯一起的旅行。有時候這麼一段距離要花我們兩個星期才能走完。不久後我就要去聖狄雅各之墓，將立在海扇貝殼上的「聖母訪親像」供在那裡，然後盡快搭飛機回到巴西，因爲我有許多事要做。我記得派特魯斯有一次告訴我，他把他的經歷濃縮在一幅圖畫中，我突然想到或許我可以寫一本書，把所經過的每件事都寫進去。不過這仍然是個遙不可及的念頭，找回我的劍以後，我現在有太多事情要做了。

劍的祕密是我個人的，我絕不會去向任何人訴說，我把它寫下來，並且放在石頭下，但是下了那場雨之後，那張紙可能已經毀掉了。這樣很好。派特魯斯也用不著知道。

我問師父他是否知道我會在哪一天抵達，或者他已經在那裡等了一段時間。他笑著說，他是前一天早上到的，本來第二天就準備離開，不管我出現與否。

我又問說，那怎麼可能，他沒有回答。但是當我們道別，而他正要坐進將他送回馬德里的租車時，他給了我一枚小小的「聖狄雅各寶劍騎士團」徽章，還告訴我，當我在注視那隻小羊的眼睛時，已經獲得偉大的啓示了。

回想當時的情景，我想，人們在有人等著他們的地方，總是到得正是時候，這句話果然不假。

藍小說177

朝聖 25週年紀念版

作者—保羅．科爾賀
譯者—張琰
校潤—鄭栗兒
主編—嘉世強
編輯—黃嬿羽
美術設計—蔡南昇
責任企劃—林貞嫻
校對—黃沛潔
董事長—趙政岷
出版者—時報文化出版企業股份有限公司
108019台北市和平西路三段二四〇號三樓
發行專線—（〇二）二三〇六—六八四二
讀者服務專線—〇八〇〇—二三一—七〇五
（〇二）二三〇四—七一〇三
讀者服務傳真—（〇二）二三〇四—六八五八
郵撥—一九三四四七二四時報文化出版公司
信箱—一〇八九九臺北華江橋郵局第九九信箱
時報悅讀網—http://www.readingtimes.com.tw
電子郵件信箱—liter@readingtimes.com.tw
法律顧問—理律法律事務所 陳長文律師、李念祖律師
印刷—紘億印刷有限公司
初版一刷—一九九九年四月十二日
二版一刷—二〇一三年六月十四日
二版三刷—二〇二二年九月十九日
定價—新台幣二六〇元
（缺頁或破損的書，請寄回更換）

時報文化出版公司成立於一九七五年，並於一九九九年股票上櫃公開發行，於二〇〇八年脫離中時集團非屬旺中，以「尊重智慧與創意的文化事業」為信念。

朝聖（25週年紀念版）/ 保羅．科爾賀（Paulo Coelho）著；張琰譯.
-- 二版. -- 臺北市：時報文化, 2013.06
面； 公分. --（藍小說；177）
譯自：O diário de um mago
ISBN 978-957-13-5774-4（平裝）

885.7157 102009976

O Diário de um Mago

This edition was published by arrangement with Sant Jordi Asociados, Barcelona, Spain, through Bardon-Chinese Media Agency, Taiwan

Paulo Coelho: http://paulocoelhoblog.com/

ISBN 978-957-13-5774-4
Printed in Taiwan